ÉLÉGIE POUR LAVIOLETTE

DU MÊME AUTEUR

Aux Éditions Denoël

La Maison assassinée
Les Courriers de la mort
La Naine
L'Amant du poivre d'âne
Le Mystère de Séraphin Monge
Pour saluer Giono
Les Secrets de Laviolette
Périple d'un cachalot
La Folie Forcalquier
Les Romans de ma Provence (album)
L'Aube insolite
Un grison d'Arcadie
Le Parme convient à Laviolette
L'Occitane
Chronique d'un château hanté
Ma Provence d'heureuse rencontre

Aux Éditions Fayard

Les Enquêtes du commissaire Laviolette

Aux Éditions du Chêne

Les Promenades de Jean Giono (album)

(suite des œuvres de Pierre Magnan en fin de volume)

PIERRE MAGNAN

ÉLÉGIE POUR LAVIOLETTE

roman

ROBERT LAFFONT

Retrouvez Pierre Magnan sur son site Internet :
www.lemda.com.fr

ISBN 978-2-221-11658-6

À mon cher ami
Frédéric Roche,
frère en poésie,
et qui fut mon Auvergnat
quand dans ma vie
il faisait froid

« Il lui fallait maintenant ouvrir la brèche dans le mur pour que, dès demain à l'aube, le neveu couché dans sa tombe puisse voir devant lui, largement étendu, tout le visage de la Terre. »

Jean Giono (*Le Chant du monde*)

Toute ressemblance avec les personnages
dont je parle serait purement fortuite,
je n'en ai jamais rencontré un seul
qui leur ressemblât.

Préface

Je venais d'être jeté hors d'une vie confortable par mon infidélité. J'avais, sous la houlette de ma bienfaitrice, publié quatre romans chez René Julliard : *L'Aube insolite, Lignes de force, Le Monde encerclé* et *La Mer d'airain.* Ces ouvrages avaient obtenu un succès d'estime mais aucun n'avait retenu l'attention du public.

J'avais vingt-cinq ans.

Était venue la période des refus. René Julliard découragé me retourna *Périple d'un cachalot.* Il écrivit à Thyde Monnier : «C'est le type même du livre raté.»

Les autres éditeurs me renvoyaient régulièrement mes manuscrits avec la réponse bateau qui caractérisait désormais tous les refus : « Monsieur, vos histoires écrites sur le mode classique n'intéressent plus personne. L'ère d'un nouveau mode d'expression est née entraînant l'adhésion de tous les lecteurs. Si un jour vous vous sentez capable d'intégrer cette nouvelle discipline, c'est avec attention que nous examinerons votre production. »

C'était aussi l'époque de toutes les audaces. Il n'y avait qu'à se jeter à écrire. La méditation n'était plus bonne à rien; de même que la tonalité, le tempo de la phrase, de même que la musique d'ensemble que peut représenter une œuvre écrite.

Les papes de la nouvelle expression s'appelaient Robbe-Grillet et l'autre, un Suisse, Robert Pinget.

Toute la littérature française leur emboîta le pas. Mieux : le monde entier car il ne faut pas oublier quel était encore l'impact de l'intellectualisme français sur la pensée universelle, vers la moitié du siècle dernier. *Les journaux littéraires* étaient dès leur parution sur les bureaux de toutes les ambassades et consulats et les peuples se pliaient docilement à leurs diktats. « Hors de nous, point de salut ! » proclamaient avec conviction ces novateurs et on les crut.

Je vois encore Giono s'écriant douloureusement : « Oh mais je connais bien cet art-là ! C'est l'expression du balbutiement ! C'est l'art du brouillon ! »

Certain jour, je le trouvai aux prises avec un album abondamment illustré qu'il s'efforçait, en un effort gigantesque, de ramener aux dimensions de sa poubelle et n'y parvenant pas. Je ne l'avais jamais vu en un tel état. Il éructait, il fumait littéralement. Il était la proie d'une fureur panique. L'objet de sa hargne, c'était cet album luxueux qu'il venait enfin d'enfouir dans sa corbeille à papier, de l'y enfoncer, de lui mettre le pied dessus.

— Pierre ! me cria-t-il.

C'était la première fois qu'il me donnait mon prénom. D'ordinaire, il m'appelait Pips ou Elpenor.

— Pierre ! répéta-t-il. Si ce Roumain parvient à persuader le monde qu'il a raison, il n'y a plus qu'à jeter Tacite, Aristote, Machiavel, Saint-Simon et Stendhal dans cette poubelle !

J'avais pu voir au passage le nom de l'auteur et le titre de l'ouvrage : Isidore Isou, *Manifeste du Lettrisme.*

Le Nouveau Roman était d'autre mesure, codifié, expliqué, reconnu dès le manifeste du Suisse Robert Pinget, il n'était pas question de le nier ni surtout d'en écrire autrement. Je lisais dans les journaux spécialisés : « Chez Pinget, le récit impossible marque ses premiers essais. L'inconsistance règle aussi le jeu dialogué ; le personnage du raté en deçà du causal : "l'explication ? Merci bien !" » C'est le maître de la découverte tâtonnée, de l'anonymat savant et d'un processus de perte où la situation remplace l'intrigue.

Le monde entier crut au Nouveau Roman et il salua l'intelligentsia française pour l'avoir inventé.

Or moi bateau perdu dans l'océan des anses,
Jeté par l'ouragan dans un ciel sans oiseaux.

Je venais d'être muté à Paris, boulevard Malesherbes, par la Société Française de Transports et Entrepôts Frigorifiques qui jusque-là me nourrissait à Nice.

J'ai toujours eu de la chance dans mes malheurs. À Nice, ce fut Marthe Dufour et son mari, Maurice Myodownick, qui m'offrirent l'hospitalité parce que Marthe, peintre elle-même, croyait en moi. Ils avaient pour ami (les deux hommes avaient été prisonniers ensemble) le docteur Grupper, référence mondiale en dermatologie, et sa femme, Dilou, laquelle personnifiait pour moi le Bordelais Montaigne, dont elle avait la sagesse, fruit du pays où ils étaient nés tous deux.

Avec une générosité sans égale, le docteur Grupper m'offrit un gîte dans sa propriété de Boncourt. Boncourt, près d'Anet, était à soixante kilomètres de Paris. Tous les matins, en compagnie de quelque deux cents autres banlieusards, je prenais le train en gare de Bueil.

Le site de Boncourt et la gare de Bueil sont des Sisley en permanence. On baigne dans leur atmosphère. On se noie avec délices dans leurs matins de brumes aux contours hasardeux, lesquels se traînent nonchalants au ras de la Vesgre, la rivière où Landru jetait les restes de ses veuves.

J'étais dans le train d'Évreux, entre Bueil et Paris-Saint-Lazare par Mantes (la Jolie !). Jamais peut-être mon âme de Manosquin n'avait tant hurlé après ses Basses-Alpes que parmi ces mornes perspectives de rails mouillés, avec mes mornes compagnons et compagnes.

Nous allions nous faire manger nos heures par quelque société à nom doré sur tranche de marbre noir, boulevard Malesherbes ou avenue de Friedland. Moi je cherchais, parmi ces no man's land en filigrane, la Tête de l'Estrop ou le Cheval Blanc, mes orients.

Je les suivais sur le sextant de mon imagination car même Proust n'y suffisait plus. Je le lisais blotti dans l'angle du compartiment comme un lapin aux abois; tandis que mes commensaux, à l'aide de dépliants aux surimpressions prometteuses et de riants catalogues, se faisaient tant bien que mal des rêves de tropiques ou de sports d'hiver.

C'est là, en ce lieu improbable, qu'est né le commissaire Laviolette, avec ses gros yeux globuleux à fleur de tête, injectés de sang à force de libations trop bien supportées; sa personne compacte comme son caractère perpétuellement bougonnant et son âme carrée de brave homme, enfermée dans le dogme maçonnique.

En vérité, cet homme avait lu Horace. Il se serait contenté d'un bastidon où seraient accrochés au mur des bouquets de raphia blonds comme des chevelures en paille d'Italie et vieux de trente ans. Le tout prêt à en travestir ce rêveur, pour brancher les pommes d'amour, c'est-à-dire à tuteurer les tomates. Il se déguisait en jardinier pour couper quatre roses.

Oh, il n'est pas né spontanément. Je ne me souviens plus de quel jour, à quelle heure, à quel moment, cette intuition m'a assailli ou s'est insinuée en moi très lentement : l'idée que le seul moyen d'échapper au diktat du Nouveau Roman, c'était d'écrire un roman policier!

Dans ce genre humble et mineur, la terminologie classique reprenait ses droits : il faut absolument, au roman policier, un déroulement logique, selon l'Art poétique d'Aristote : un commencement, un milieu, une fin. La péripétie tant *décriée* par Monsieur Robert Pinget s'imposait ici d'une manière têtue.

En même temps surgissait dans ma tête le personnage qui, par sa carrure et son originalité, pouvait figurer ce héros de mon prochain ouvrage.

De son vrai nom, il s'appelait Marcel Clérissi. Il avait été mon patron quand, pour arrondir mes fins de mois, je faisais la plonge dans son restaurant d'Aspremont (Alpes-Maritimes).

C'était un héros de la Résistance. Il avait été parachuté quatre fois en zone occupée et y avait gagné une raideur de la jambe droite et une philosophie à toute épreuve. Il me racontait ses chasses au truand : « Nous nous tirions dessus dans la journée, me disait-il, et le soir nous prenions le pastis ensemble. » Il avait eu l'« oreille fendue » à cause d'un préfet de police qu'il avait eu l'outrecuidance d'appeler *Tante Rose*. Son nom dans la clandestinité avait été Laviolette.

Il était mort depuis longtemps mais il vivait en moi intensément, avec ses tics, ses outrances, sa démarche, sa voix. Je l'avais intégré dans ma vie comme un grand frère que j'aurais eu.

Alors, simultanément, s'imposa à mon esprit une autre révélation : je pouvais situer le décor de mon livre dans toutes les Basses-Alpes et le parfaire et m'attarder à l'expliquer. À Digne par exemple. Ville réservée et modeste, Digne m'apparut spontanément comme la cité du secret. Je vis ses commerçants taciturnes comme susceptibles de recevoir la charge de mystère dont je voulais les augmenter.

En évoquant soigneusement les singularités de mon pays, je ne me séparerais pas de lui, je l'aurais à portée de ma main et le soir, retour de Paris, abandonnant Proust, dans le recoin de mon compartiment, je pourrais, écrivant, le dorloter près de moi.

La journée de travail se passait à n'utiliser en toutes circonstances, mais avec vigilance, que mon cortex et mes réflexes sociaux. Le soir, à 17 h 18, je me mêlais aux ruisseaux humains qui martelaient les trottoirs en un piétinement aussi rapide que le permettait l'endurance de chacun. Dans dix minutes, nous serions un fleuve, une marée, sous les verrières de Saint-Lazare. Tous : les yeux fixes, absents du prochain et du monde, ne pensant qu'à ce « ouf! » poussé à la descente du train qui nous rendrait à chacun notre havre.

Je m'isolais dans mon angle, toujours le même, car nous tenions comme à une bouée à nos places respectives et nul, par accord tacite, n'usurpait jamais celle du voisin. J'ouvrais en catimini cette horrible chose noire en matière plastique qui était le réceptacle où chacun de nous cachait ses pauvres secrets. De lui, je tirais le volume de Proust dans la Pléiade, abondamment souligné et annoté en marge, mais non! Décidément non! Même Proust ne résistait pas aux usines de Flins, aux usines Volvo, à la cheminée de la centrale de Mantes, voire à la mafflue vision fugitive du buste de Zola aperçu en défilant à toute vitesse devant Médan.

Je remettais Proust dans sa serviette, à la place j'en extrayais un carnet cartonné, mon seul luxe, dont une quinzaine de feuillets à peine étaient couverts de mon écriture et où une carte postale représentant Digne me servait de marque-page.

Jamais je n'ai si bien compris cette phrase des *Plaisirs et les Jours* que j'ai mise en exergue je ne sais plus où : « Je compris alors que jamais Noé ne put si bien voir le monde que de l'arche, malgré qu'elle fût close et qu'il fît nuit sur la Terre. »

J'allais moi aussi me construire mon temps retrouvé par le truchement de tant d'êtres tombés en poussière que j'allais ressusciter et par tant de lieux et de sites qui n'avaient servi que de passage aux êtres dont je parle. Mais à l'instant, inconnus parmi tant d'inconnus, ces lieux étaient aussi vierges de moi que si je n'avais jamais existé. Il fallait une concentration désespérée pour les matérialiser dans la pénombre de ce compartiment de seconde où, Dieu merci, nul ne soufflait mot.

Bien sûr, j'étais contraint de borner mon propos aux dimensions d'une intrigue criminelle. Mon lyrisme était cruellement bridé. Stoïquement, je sabrais les adjectifs, m'efforçant de devenir aussi concis que Tacite.

Mais qu'importe ce qu'on écrit quant on est malheureux? Seule compte l'atmosphère où l'on réussit à baigner pendant qu'on trace les mots et les phrases qui parviennent à vous isoler de la réalité comme peut le faire, je l'imagine, un placenta. J'écrivais le dixième à peine, et qui n'était pas l'essentiel, de ce que ma pensée foudroyante et avide happait dans son emprise autour de la prose maîtrisée.

Je descendais dans les replis de ces montagnes mûres d'odeurs mais vaguement esquissées. Le leitmotiv où s'enguirlandait mon histoire était un canevas dont la trame n'apparaissait jamais et que ponctuaient comme des appogiatures tous ces beaux noms de là-bas qui sonnent comme un rire moqueur lorsqu'on en découvre la réalité : Beaujeu, Bellaffaire et l'inextricable fouillis de vocables étranges qui étaient forêts et roubines entre Turriers et La Motte-du-Caire.

Tandis que j'écrivais s'égrenaient tous ces noms où j'aurais voulu m'attarder et que je ne pouvais même pas citer : Mallefougasse, Mallemoisson, Malemort, et le plus beau d'entre eux sans doute : Malefiance ! qui résume tout ce qu'un homme ordinaire doit éviter dans sa vie à travers les traquenards du destin.

Je humais ce bouquet d'aveux de misère, là, bien calé contre la moleskine usée des dossiers, dans l'express d'Evreux (18 h 02). J'ai écrit cent dix pages du *Sang des Atrides* entre 18 et 19 heures, du lundi au vendredi, d'octobre 1975 à octobre 1976, date où j'ai été rendu à mes chères Basses-Alpes.

Le livre une fois achevé et moi mis au chômage, je l'envoyai par la poste aux Éditions Arthème Fayard, sans idée préconçue, simplement parce que c'était le seul éditeur dont je connaissais l'adresse. Et je joignis un chèque postal pour le retour éventuel du manuscrit.

Il se passa trois semaines puis une courte lettre m'arriva signée Richard Négrou :

Cher Monsieur, j'ai lu le roman que vous nous avez envoyé « Un remède contre l'amour[1] *».*

Si, par hasard, vous passez au début de l'automne à Paris, je serais content de vous voir. Sinon peut-être pourriez-vous me téléphoner ou bien m'indiquer un numéro de téléphone où je puisse vous appeler.

Vous vous doutez que je ne le laissai pas moisir et que le lendemain même (je n'avais pas encore le téléphone), je me précipitai au bureau de poste pour appeler M. Richard Négrou.

Cet homme qui fut le tournant majeur de ma vie, je l'ai perdu de vue, ma reconnaissance éperdue à son égard ne dura que l'espace de quelques années, mais je ne l'ai pas oublié.

1. Titre initial du *Sang des Atrides.*

J'ai encore en tête presque mot pour mot la conversation qui s'engagea entre nous.

Après les compliments d'usage, M. Négrou me dit :

— Mais ce n'est pas votre premier livre, vous avez déjà écrit ?

Je lui déballai alors la somme de mes échecs. Il m'accompagna à coups de grognements approbateurs sur la longue litanie de refus des éditeurs.

— Malheureusement, me dit-il à la fin, nous n'avons pas de collection de romans policiers !

— Ah alors...

Mon ton était désolé. Il me rétorqua aussitôt :

— Mais nous éditons le Prix du Quai des Orfèvres !

Je lui ris au nez, n'augurant pas que je puisse atteindre un jour jusqu'à cette consécration car je lisais alors tous les prix du Quai des Orfèvres dès leur parution et n'espérais pas pouvoir m'aligner en cette récompense suprême.

Il insista :

— Si ! Si ! La forme et le fond de votre livre peuvent très bien convenir. Écoutez, je dois voir le jury la semaine prochaine. D'ici là, tapez-moi votre manuscrit en deux exemplaires et envoyez-les-moi en express pour que je puisse les montrer au jury. Téléphonez-moi dans quelques jours et à partir de cette date, nous verrons ce que nous pourrons faire.

Je ne vous dis pas, durant ce laps de temps, la houle de tempête où je fus secoué. Je ne parvenais pas à espérer. La chance jusque-là n'avait jamais été au rendez-vous et je n'étais jamais qu'un fétu de paille conscient à la surface de la vie.

Je n'ai même pas noté la date fatidique. Je n'ai

même aucune souvenance s'il faisait beau ou mauvais ce jour-là. J'étais debout dans une cabine quelconque et je venais de former le numéro.

M. Négrou fut aussitôt au bout du fil.

— Bon ! me dit-il. Notre affaire ne se présente pas trop mal. Le jury a lu votre manuscrit et dans l'ensemble, il est d'accord. Il n'y a qu'une seule chose, ils ne veulent pas entendre parler du commissaire Laviolette, ça leur paraît péjoratif. Ah ! Et puis aussi le héros breton. Cet été, la Bretagne a été le théâtre d'un menu soulèvement, les indépendantistes ont fait sauter un relais de télévision, par conséquent, ils ne veulent pas d'un héros breton...

C'était vrai. La Bretagne avait connu un élan indépendantiste auprès duquel celui de la Corse n'était qu'un non-événement. Magasins mis à sac, vitrines brisées. Les rues de Quimper aux mains de l'insurrection. Les taciturnes paysans et marins bretons ne s'étaient jamais fait entendre. Cette fois, ils le furent : la preuve, les quatre cents kilomètres de routes qui ceinturent la Bretagne sont à quatre voies gratuites (toutefois, vitesse limitée à cent dix kilomètres-heure).

Mon âme m'était tombée dans les pieds. Je me cramponnais à la tablette de la cabine.

Vais-je dire la vérité ? À aucun moment ne m'effleura l'idée d'attribuer à mon mérite cet événement capital. Et jamais après ni depuis je n'ai eu confiance en moi. Sans cesse je mesure mes pauvres écrits à ceux des plus grands et les en trouve indignes.

– Ah, encore une chose, me dit Négrou, mais c'est du domaine commercial : *Un remède contre l'amour,* c'est un très mauvais titre. Il ne couvre pas l'histoire. Que diriez-vous de *Le Sang des Atrides* ?

Comment n'y avais-je pas pensé plus tôt ? J'acceptai avec enthousiasme.

— Pensez surtout à Laviolette et au héros breton.

— Mais s'il n'y a pas de Breton, il n'y a plus d'histoire !

— C'est ce que je leur ai dit mais ils ne veulent rien entendre ! Bon ! Eh bien pensez à ces deux détails et rappelez-moi dans quinze jours.

Il me vint à l'esprit quarante commissaires qui ne s'appelleraient pas Laviolette ! En revanche, je ne trouvai pas d'alternative au Breton. Je m'apprêtais à avouer mon impuissance, quinze jours après, à Négrou. Ce fut lui qui me rappela au bout d'une semaine.

— Bon ! me dit-il avant même de m'avoir dit bonjour. Ils prennent tout ! Laviolette ! Le Breton ! Tout ! Je vous envoie votre contrat et l'à-valoir correspondant. Il va vous falloir aller à Saint-Amant-Montrond.

— Où ça ?

— À Saint-Amant-Montrond, dans le Cher, c'est là qu'est l'imprimerie. Comme vous n'avez pas beaucoup de temps, il vous faudra aller corriger les épreuves à l'imprimerie. L'hôtel est retenu. Vous êtes motorisé ?

— Oui.

— Je vous enverrai un télégramme dès que les épreuves seront prêtes.

Je ne tenais pas encore de journal. Les journées qui suivirent n'ont laissé que peu de traces dans ma mémoire. Je me souviens seulement que c'était en octobre, que les feuilles tombaient sur la rivière Cher et que, l'imprimerie Bussières n'en étant pas très éloignée, nous y allions à pied. Je fus reçu très bien mais comme quelqu'un d'épisodique, que sans doute on ne reverra de sa vie. Je ne me souviens que de nos promenades à ma femme et moi avec notre chien Wolfi. Nous nous taisions. Nous vivions comme dans un rêve mais sachant que nous allions bientôt nous éveiller.

Notre temps se passait à nous taire religieusement. Ce n'était pas seulement nos yeux que nous ne croyions pas mais tous nos sens.

Il fallut nous réveiller pour attendre l'événement. Loue, ma femme, qui avait l'habitude des grands bois, n'avait, selon l'expression populaire, « rien à se mettre ». Sa sœur lui prêta de quoi être présentable. Quant à moi, j'avais toujours, je ne le mettais plus, mon complet gris pour les rendez-vous de clients quand j'étais à la STEF. J'avais aussi de ce temps-là conservé une paire de manchettes et quelques cravates fleuries.

J'arrivai la veille à Paris chez Fayard, rue des Saints-Pères. Une grande fille capable et volubile fut mise à ma disposition et m'expliqua tout le système du prix. D'abord, le secret était gardé sur le nom du lauréat, jusqu'à ce que le préfet de police le proclamât.

Sous le hangar de la cour chez l'éditeur, cent mille exemplaires attendaient d'être diffusés. Ils étaient tous bien serrés, par dix mille, sous des feuillards comme on en voyait à l'imprimerie de mon enfance. Cent mille exemplaires ! On en avait extrait un pour me le montrer : « Pierre Magnan – *Le Sang des Atrides*, Prix du Quai des Orfèvres 1978 ».

C'est impressionnant, cent mille exemplaires. Je

me dis qu'il fallait avoir de l'estomac pour jouer cent mille exemplaires sur un nom inconnu. Et dès cet instant, je me mis à avoir peur. Je n'en parlai à personne, même pas à mon épouse, mais pour moi, cette journée de liesse se déroula sous le signe de la peur.

Elle commença chez mes amis Grupper qui nous hébergeaient, rue de Courcelles. Complet-veston, cravate, boutons de manchette, chaussures cirées à mort, la véritable panoplie du lauréat.

Entre-temps j'avais reçu le secours d'un élément dont j'allais à la fois apprendre le nom et la fonction omnipotente. Elle s'appelait Chantal Carassic et elle était attachée de presse.

Je ne me souviens plus à quelle heure devait commencer la cérémonie, ce dont il me souvient c'est que, arrivés très en avance, nous étions seuls dans les allées du restaurant Ledoyen aux Champs-Élysées. À peine si deux CRS (un homme et une femme) déambulaient dans les allées.

Presque aussitôt arriva Chantal Carassic très affairée, consultant sa montre. J'appris plus tard que ces sortes d'appareils publicitaires étaient minutés à cause de la nécessité de les inclure dans les journaux du soir qui tombaient à cinq heures.

Chantal nous attira tout de suite à l'intérieur du restaurant en catimini. Ledoyen est une énorme machine datant de Napoléon III, réglable de un à deux cents couverts par des cloisons amovibles suivant le nombre de convives.

Chantal nous cacha tout de suite sous l'escalier d'apparat qui conduisait à la salle du buffet.

J'eus le temps d'apercevoir une desserte d'environ quarante mètres de long où étaient alignées, parmi les ingrédients d'un buffet bien garni, environ deux cents flûtes à champagne.

Chantal nous expliqua que le prix étant censé être décerné après la délibération du jury, il importait que le lauréat demeurât anonyme jusqu'à la proclamation.

Là-dessus, entraînant ma femme avec elle, elle me laissa seul sous l'escalier et toutes deux disparurent à ma vue. Les multiples portes battantes du restaurant se distinguaient à travers les marches escamotables. Pour moi, c'était comme le décor vide d'un théâtre où le rideau va se lever.

Un gong retentit. Les portes furent enfoncées comme dans une révolution, comme les vannes d'une centrale hydro-électrique lorsque l'eau se rue dans les turbines. Ce fut l'impression majeure qui me traversa l'esprit l'espace d'un instant.

Une marée humaine se rua dans l'escalier, encombrée d'appareils photo, de trépieds, de micros, de magnétophones, c'était encore le règne des flashs à magnésium, tenus à bout de bras, avec un œil de cyclope, ils me regardaient méchamment. Je n'eus le temps de distinguer aucun visage. Le sol métallique de l'escalier trembla. La marée humaine me passa sur la tête.

Chantal, avant de disparaître, m'avait prévenu que le buffet du Prix du Quai des Orfèvres était le seul buffet de Paris où il y eût, outre le champagne, du caviar à volonté, mais que les tartines n'étaient pas inépuisables.

La marée et ses retardataires aussi pressés mais plus rares dura encore environ cinq minutes. Puis il y eut un grand vide.

Cinq minutes de silence, des pas plus posés, et

qui me semblèrent blasés, gravirent avec solennité les degrés. Simultanément, Chantal Carassic surgit devant moi, me tira hors de mon placard et me hissa en vitesse vers le buffet devant quoi le vide s'était fait.

Je me trouvai en présence d'un arc de cercle de messieurs graves. Quelques-uns portant la rosette. J'ai su leurs noms. Je les ai oubliés. C'était le jury du prix. Le président, préfet de police de Paris, était en grand uniforme, casquette laurée en tête !

Minute de silence, cliquètement des flashs. Le président déplie lentement un document qui doit être le procès-verbal du prix. Il le lit lentement de façon que, dans le silence établi, tout le monde le comprenne bien.

Il a la voix claire, bien timbrée :

— Le prix du Quai des Orfèvres 1978 est attribué à Pierre Magnan pour son roman *Le Sang des Atrides.*

Les applaudissements éclatent. Le préfet me remet un chèque de mille francs, montant du prix. Les journalistes lui font refaire son geste trois ou quatre fois. De même que la poignée de main entre lui et moi, sourire éclatant autant que possible.

Un détail que j'avais oublié. Richard Négrou, quelques jours avant la remise du prix, m'appela au téléphone, un peu gêné. Je finis par démêler de ses explications embarrassées que le jury voulait avoir la certitude que mon casier judiciaire était vierge !

Je faillis éclater de rire au moment de la poignée de main car il est évident qu'un préfet de police serrant la main d'un repris de justice, ça aurait fait une belle ombre au tableau !

À partir de cet instant, je ne m'appartins plus.

Une table avait été dressée dans l'un des salons pour un nombre impressionnant de convives.

Je me souviens des homards qui défilèrent en grande pompe devant nous, offerts à notre vue encore vivants sur des plateaux oblongs inclinés, par des serveurs en livrée à la française.

Heureusement, j'aime le homard mais vivant. Sa structure est si belle et sa couleur initiale si conforme à celle de la mer que la détruire m'est toujours apparu comme un sacrilège. Quand il devient rouge, c'est par honte du genre humain.

Je ne goûtai ni au homard ni au foie gras pour des raisons différentes. Je voyais ma femme en face de moi, entre deux membres du jury qui lui tenaient la conversation. J'eus le temps de me dire que la robe couleur puce que lui avait prêtée sa sœur la mettait en valeur et qu'elle était exactement ce qui convenait en la circonstance et je l'admirai.

On me présenta à tous les membres du jury et c'est là que tout commença. Je suis sorti à jeun du restaurant Ledoyen.

J'ai signé ce jour-là un exemplaire du *Sang des Atrides* plus de quinze cents fois. Il y en avait des corbeilles où chacun pouvait puiser. Je n'ai eu le temps ni de manger ni de boire.

Surnage de ces instants si rassemblés le marquis de Saint-Perray (je ne suis pas sûr de l'orthographe). Ce respectable vieillard, fondateur du prix, marchait péniblement mais nonobstant, il tint à me montrer tout le système de son organisation. Lui me précédant et quantité de lecteurs volume en main me suivant à la trace, je me trouvai au seuil d'un salon dînatoire gigantesque, aux lustres type celui de l'Opéra dans le fantôme du même nom.

— Vous comprenez, me dit le marquis, le jour du prix, c'est la fête de la police !

Dans cette salle, en un vacarme de marché de veille de Noël, dînaient environ deux cents commissaires divisionnaires de France. Ils me firent une ovation et je leur signai à chacun leur exemplaire.

Quelques-uns tinrent à me glisser leur carte personnelle, disant :

— Ah naturellement, si vous avez tué votre belle-mère, nous ne pourrons pas grand-chose pour vous ! Mais enfin, il peut tout arriver dans la vie d'un homme et dans ce cas, ça peut toujours servir !

Je les remerciai avec effusion.

Pendant ce temps, infatigable, le marquis de Saint-Perray claudiquait devant moi jusqu'à me dire :

— Il y a dans un salon M. Barre, Premier ministre, qui déjeune en ce moment et qui tient à vous féliciter. Tenez, signez-lui donc un exemplaire.

Et il s'arrêta devant une porte à deux battants. Une console était à portée sur laquelle j'appuyai mon livre pour écrire : *À Monsieur Raymond Barre, avec mes respectueuses salutations.*

Mon imagination en la matière, depuis que je signais, je l'avais abandonnée au vestiaire.

Il y avait devant cette porte capitonnée trois « gorilles », tels qu'on en voit dans les films d'épouvante : noirs, un mètre quatre-vingt-dix, la gueule carrée et les bras croisés sur la poitrine, les mains à hauteur des épaules.

— Quoi ? Qu'est-ce que c'est ? dit l'un d'eux, sourcil froncé.

Le marquis se fit aussi humble qu'il put et fit

signe à l'un des gardes du corps qu'il eût à se baisser pour l'entendre.

— C'est Monsieur le Premier ministre qui a manifesté l'intention de féliciter le lauréat.

Aussitôt, un large sourire s'épanouit sur les lèvres des gorilles qui ouvrirent tout grands les deux battants de la porte. Derrière, un monsieur de ma taille était en train de remettre son pardessus avec l'aide de deux laquais en livrée.

Il me regarda bien en face et il me dit :

— Monsieur, je tenais à vous féliciter et je vous remercie pour le don de votre livre. Je pars tout à l'heure pour Bordeaux et je serai très heureux de le lire dans le train.

Là-dessus, il me tendit la main et jamais je ne le revis.

Pendant ce temps, derrière les gorilles qui faisaient un rempart de leurs corps, les portes se rouvraient et se refermaient et les gens s'entassaient derrière. C'étaient des journalistes pressés d'aller porter leur papier. Question principale micro tendu : « Quel effet ça fait d'être lauréat du Quai des Orfèvres ? »

Ils me posaient tous cette question en boucle, le micro au bord de mes lèvres comme s'ils se fussent attendu à ce que je suce cet objet lubrique.

Ma foi, c'était précisément ce que j'étais en train de me demander et en conséquence, je répondais n'importe quoi.

Ils s'en foutaient d'ailleurs car ils savaient que dans leur quotidien la chose serait évacuée sous son aspect le plus concis : « Le prix du Quai des Orfèvres a été attribué à M. Pierre Magnan pour son roman *Le Sang des Atrides*. »

Les rares moments où j'avais pu m'asseoir à ma place à la table du banquet et où j'avais pu parler à mon voisin de gauche, j'avais appris de lui qu'il s'appelait Henri Hull et qu'il était P-DG des Éditions Fayard. Entre deux bouchées, il me bonnit :

— Mon cher Magnan, si vous êtes capable de me pondre un polar aussi bon que celui-ci avant que l'on décerne le prochain prix, je vous en garantis le succès car le public se souviendra de votre livre mais pas plus d'un an !

Il partit avant la fin du repas, en me serrant chaleureusement la main.

Les clameurs se taisaient. La foule s'en allait en lambeaux, moi toujours signant, car il restait deux ou trois corbeilles de livres et chacun en prenait un à sa guise.

Seule ombre au tableau (et je savais qu'elle me concernait personnellement), quatre ou cinq anonymes erraient parmi les invités en fuite et tentaient de se faire identifier par des journalistes qu'ils connaissaient mais qui eux les reconnaissaient mal.

C'étaient les recalés du prix de cette année et les lauréats des années précédentes, fraternellement unis.

Je sentis autour de moi, pour la première fois de ma vie, une haine solide, basée sur rien, puisque deux heures auparavant, ils ne me connaissaient pas.

Je les revois ces candidats et ces lauréats sur des photos où ils sont en train de me féliciter, la poignée de main réticente. Leur sourire amusé quoique supérieur en disait assez, figé pour l'éternité sur leur visage, certains étaient critiques dans un journal spécialisé.

Je compris alors de quoi était faite la peur que j'avais éprouvée tout au long de cette journée et qui s'effaçait peu à peu sous l'effet de ce triomphe factice. On n'est jamais vainqueur quand on est haï.

Je compris aussi que le lauréat du prix du Quai des Orfèvres, dès son nom prononcé, était emporté comme fétu de paille sur le tapis roulant de l'actualité et que s'il voulait résister, il allait lui falloir souquer ferme pendant trente ans pour ramener son nom au souvenir du public.

1.

Il n'y a pas de porte au cimetière de La Roque-en-Champsaur, mais un entassement de mystères comme je les aime et où je devais forcément m'achopper un jour, dit Laviolette.

J'avais été laissé pour mort par l'assassin[1], que j'avais poussé au crime en le persuadant qu'étant seul avec moi, il ne risquait rien à me faire disparaître.

J'avais cependant adressé au juge Chabrand une lettre qui lui racontait ma mort et tous les détails de l'enquête l'ayant précédée. Comme j'avais laissé ma Vedette vert pomme au garage de la villa Popocatépetl à Digne où elle coulait de paisibles jours de retraite, ce fut une vieille traction avant que le meurtrier précipita dans l'aven le plus proche, mais il avait négligé de m'achever.

Le juge Chabrand arriva avec ma lettre le soir même dans l'estafette des gendarmes. Grâce à leurs torches électriques, ils trouvèrent un cadavre entier, celui de l'assassin qui n'avait pu se résoudre à me

1. Voir *Le parme convient à Laviolette* (Denoël, Folio).

donner le coup de grâce car il m'aimait bien dans le fond.

Le transport de justice dénicha aussi un demi-cadavre : moi, gisant sur le ventre, le nez sous une touffe de thym, baignant dans une mare de sang.

On m'opéra de sept impacts de chevrotine dans le dos, heureusement celui-ci était large et charnu. Néanmoins le praticien embarqué dans l'ambulance tourna la main dans un sens et dans l'autre, comme pour calculer les chances de survie qu'il m'accordait. Chabrand m'avoua plus tard que, dans le fourgon qui fonçait vers l'hôpital toute trompe dehors, il avait failli me secouer par l'épaule, afin de me signaler le clair superbe qu'il faisait là-dehors, grâce au croissant de Diane et à la conjonction Vénus-Lune qui venait d'apparaître sur le filigrane du ciel.

Ce qu'avait commencé la décharge de chevrotine, la clinique faillit bien le parfaire.

On ne peut pas décrire ce qu'est une clinique à six heures du matin, quand le patient, peut-être pour la dernière fois, ouvre péniblement un œil mourant à la vie.

Cela commence sans crier gare par l'explosion aveuglante de la lumière au plafonnier, du genre à vous faire croire qu'on vient vous annoncer : « Votre pourvoi en grâce est rejeté. »

S'ensuit l'irruption d'une infirmière éclatante de santé, toute parfumée encore de sa dernière nuit d'amour, et qui s'écrie :

— Bonjour monsieur Laviolette ! Avez-vous bien dormi ?

Et aussitôt, elle pousse devant elle un plateau à roulettes qui présente devant la bouche du patient une horrible bouillie marron et tiède dans un grand bol et qui s'appelle partout la blédine quelle que soit la marque du brouet.

J'ai fait dix cliniques ainsi, toujours avec la blédine à la clef que je n'ai jamais pu avaler.

À la fin, il ne m'est resté de l'aventure qu'un papillonnement devant la rétine qu'on me prédit devoir durer autant que moi. Il n'avait d'ailleurs qu'un seul inconvénient; il me privait de mon seul plaisir au monde : la lecture.

Je fis une longue convalescence en un lieu de rêve, ma maison de Popocatépetl. À côté de la tombe du satrape[1], j'avais le temps de méditer au soleil sur ce minuscule problème : comment, après avoir voulu me détruire à cause d'elle[2], le destin joueur m'avait-il permis d'oublier complètement Lemda ? Je m'interrogeais là-dessus à corps perdu. Je tâchais même de faire revivre l'état d'âme qui m'avait conduit au suicide. Ce fut en vain. Je ne trouvais pas la réponse.

Ma convalescence dura longtemps. J'eus longtemps la sensation, le matin au lever, d'une claque énorme dans le dos qui n'en finissait pas de retentir.

Le chirurgien bonhomme et rassurant qui m'arracha ma dernière chevrotine me la montra en triomphe entre ses doigts gantés. Il me dit qu'elle était profondément enkystée au voisinage du cœur, sur une côte où elle avait glissé.

— Mais n'essayez pas de voir votre dos au miroir, vous vous feriez peur ! Vous avez autant de cicatrices

1. Voir *Le Sang des Atrides.*
2. Voir *Le parme convient à Laviolette.*

que de lignes dans la main ! Quant à la lecture, je regrette, vous devrez en faire votre deuil ! me dit-il légèrement. Au bout de cinq minutes, vous serez fatigué et vaincu ! Mais c'est un petit problème, n'est-il pas vrai ?

C'était un homme qui, depuis la fin de ses études et sauf pour les nécessités de sa profession, n'avait plus jamais ouvert un livre.

J'étais tranquille. Je supputais les années qu'il me restait à tirer pour atteindre une retraite bien gagnée. De temps à autre, j'allais à la remise à la porte grinçante pour consoler ma Vedette vert pomme. Je lui parlais comme à une grande personne, au risque de passer pour un gâteux.

La Chabassut, ma fidèle gouvernante, qui frôlait ses quatre-vingt-cinq ans, m'avait pris un jour en flagrant délit rappelant à voix basse à la huit cylindres moteur en V les aventures vécues ensemble.

La Chabassut trottait, après cette découverte, vers sa commère, la Dispute. On appelait ainsi cette autre octogénaire parce qu'elle ressemblait à s'y méprendre à la Folle de Géricault. Elle marchait l'amble comme un cheval de labour et par ailleurs traînait dans son cabas un grand sac de procès divers, ce qui justifiait son surnom.

Ces deux vieilles se détestaient cordialement mais elles n'avaient qu'elles dans ce désert pour se condouloir le matin, en allant au bout de l'allée nettoyer les feuilles mortes.

La Chabassut en avait toujours à dire me concernant :

— Ma pauvre Dispute, il est devenu complètement rababé. Il parle à sa voiture comme si c'était une grande personne. Ce que c'est de vieillir quand même ! Il lui tape sur le capot comme si c'était devenu une croupe !

Je pensais naïvement qu'on me croyait mort en haut lieu ou, à tout le moins, qu'on s'était avisé que je ne pourrais plus servir à rien. On s'est aperçu çà et là que j'ai toujours été furieusement optimiste dans mes évaluations.

Or, un jour où je décortiquais soigneusement mon croissant du matin, le téléphone me fit sursauter, comme s'il criait garde à vous. C'était un ton de commandement. Celui qui s'était emparé du combiné n'entendait pas qu'on lui résiste. J'ai une vieille habitude des inconvénients de la vie transmis par téléphone et je me targue de les reconnaître à la première vibration. Mais, également, j'ai toujours su résister aux injonctions brutales et je laissai le bruit de friture se poursuivre jusqu'à compter soixante puis je décrochai.

Un torrent dévastateur s'échappa de l'écouteur. Un hurlement de doute, de douleur, de stupéfaction. L'individu n'admettait pas qu'on pût ignorer son omnipotence, fût-ce au téléphone.

— Allô ! aboya-t-il, ici le conseiller Honnoraty !

Je restai sans voix. Je le croyais mort depuis dix ans. Eh bien non ! Les bons conseillers de l'État sont immortels. C'était toujours la même voix péremptoire. On eût dit qu'elle sortait du téléphone comme d'outre-tombe. Je l'entendais ainsi dix ans auparavant, lors de l'affaire du sang des Atrides. Il ne me laissait pas d'alternative, il ne me demandait pas de mes nouvelles bien qu'il sût qu'on m'avait monté en grade à l'occasion de ma mort ratée. On avait même agrémenté d'une rosette ma Légion d'honneur que je ne portais toujours pas, ne souffrant pas la promiscuité.

Je pris la chose comme elle venait.

— Quel bon vent t'amène ?

— Pas meilleur comme d'habitude, me rétorqua-t-il.

Je trouve merveilleux pour ma part que deux êtres qui ne se sont jamais vus, qui n'ont eu entre eux que des conversations par téléphone interposé, puissent ainsi se situer instantanément, sans congratulations superflues. C'est le privilège des *frangins.* Ils se sont plaisamment costumés lors de leur intronisation. Après, le tutoiement est de rigueur.

Honnoraty m'apprit, honteux et confus, qu'il s'était doucement laissé accroire qu'on avait encore besoin de lui en haut lieu et que, malgré sa répugnance, il avait finalement accepté le poste à haute responsabilité (et à haut salaire) qu'on venait de créer pour lui.

— Eh oui, j'ai une fois de plus sacrifié ma tranquillité au bien public, me dit-il sans rire.

Il fit un silence puis il poursuivit tout guilleret :

— Alors, me dit-il, j'ai tout de suite pensé à toi ! Tante Rose voulait t'envoyer à Paris – aux Batignolles ! – comme je sais que tu y mourrais...

— Comment ! Il est encore en vie, celui-là ?

Je contenais avec peine mon indignation.

— Si ! Il est mort ! dit Honnoraty. Mais on vient d'en toucher un encore plus folle ! On l'appelle *Tante Louise,* qu'on lui dit. Il paraît qu'à son lit de mort Tante Rose lui a chaleureusement recommandé ta personne. Ça lui a bien fait plaisir d'apprendre ton suicide ! Malheureusement, il est trépassé avant d'apprendre que tu avais réchappé.

Bref! Rassure-toi, je t'appelle d'un bistrot à la campagne. Je ne suis pas sur écoute! Tu m'entends toujours?

— Oui, je t'entends!

— Heureusement, j'étais là! Tu te sens bien? Tu es en forme?

— Ma foi...

— Bon! Tant mieux. Tu as de la chance que j'existe! Parce que cette Tante Louise voulait te faire nommer au *grand Trou,* à Paris! Ou en Corse, à Bastia!

— Mais je suis à deux ans de la retraite!

— Ça suffit pour se faire retrancher un point! Il suffit d'un agent qui tire sur un malfrat par mégarde et adieu la retraite confortable : tu me dois une fière chandelle!

Et sans transition, comme on tire un lapin d'un chapeau, il ajouta tout guilleret :

— Je t'ai fait nommer à Gap!

Il jubilait littéralement dans le téléphone.

— Mais je suis bien à Digne!

Je faisais jouer mon vieux réflexe qui me servit en bien des occasions : je feignis une immense déception. En réalité, pour qui aimait la nostalgie, Gap valait bien Digne et sa nonchalance et sa vie particulière hors du siècle. C'était une de ces rares villes dormantes dont la France s'enorgueillit encore. De plus, j'avais commencé là ma carrière. C'était là que j'avais autrefois démêlé une drôle d'histoire de tableau volé qui, grâce à moi, était encore au musée de Gap. De temps à autre, je m'offrais le voyage, avec détour par Piégut, pour aller le contempler.

Mais je fis malgré tout la fine bouche car le *grand Trou,* suspendu au-dessus de ma tête, ne me disait rien qui vaille et d'un autre côté, mon *frangin* Honnoraty jouissait dans l'administration d'une solide réputation de traître. Ses coups bas ne se comptaient plus et toute la hiérarchie le tenait pour un « bel enfant de pute » comme il se murmurait dans nos corridors crasseux.

Si j'avais montré le moindre enthousiasme pour Gap, il était foutu de m'y envoyer, au *grand Trou* !

Je lui coupai la parole :

— Bon ! Résumons-nous. Tu as besoin de moi à Gap ?

Je l'entendis littéralement se tortiller devant le récepteur :

— Pas positivement : une enquête de routine ! Presque rien ! Tu en as pour quatre ou cinq jours ! Tu sais comment sont les familles ? Bref ! Il y a un homme qui vient de mourir à l'hôpital de Gap et les neveux spoliés portent plainte pour captation d'héritage. Le coup classique, quoi ! Pas de quoi fouetter un chat. On a même demandé l'autopsie, ça n'a rien donné ! La mort est naturelle ! Un détail : la veuve avait célébré ses noces avec le mourant quatre jours auparavant en évinçant la maîtresse en titre ! Les témoins étaient de vieux amis du mort. Ils n'avaient jamais vu la légitime. Ils ont dit qu'ils croyaient que le vieux s'était payé une jeunesse juste avant de mourir. C'était son droit. Je ne vois pas ce que les neveux cherchent. D'autant plus que l'autopsie n'a rien donné. Il est mort faute de respirer. Aucune violence ! Qu'est-ce que tu en penses ?

Il faisait comme si j'avais un pouvoir quelconque pour le contredire.

— Et on l'a enterré quand, ton client ?

— On l'enterre demain ! Ah ! débita-t-il, j'oubliais ! Tu trouveras pour t'aider le juge Chabrand. Tu t'en souviens ? Il nous arrive tout droit de Pointe-à-Pitre. Comme on sait plus quoi en faire, j'ai eu l'idée de le nommer à Gap. Il a eu des malheurs, je crois que ça le distraira. Ça ne te gêne pas ? C'était ton copain dans le temps ?

Le juge Chabrand : un grand voyageur ! Pendant les trois ans de ma convalescence, il avait gagné un titre de gloire : il fut le dernier juge d'instruction à avoir ficelé un beau dossier pour envoyer un prévenu à l'échafaud. C'était un dossier comme tous les jurys en rêvent : qui les font se laver les mains des apparences et sur lesquels les avocats se cassent les dents contre l'indubitable.

L'innocent présumé n'avait dû son salut qu'au fait que le vrai coupable fût l'un des derniers à croire encore à l'enfer. Il s'était cogné contre un cancer. Avant de mourir, il avait déchargé sa conscience devant un père jésuite qui avait des scrupules, lequel séance tenante était venu trouver son évêque pour être relevé du secret de la confession.

Ainsi donc en une seule conversation téléphonique le lointain conseiller Honnoraty me tirait de ma torpeur pour me jeter malgré moi entre les pattes de mon tortionnaire intime, le juge Chabrand. Et je ne pouvais même plus lire pour me changer les idées. Les textes papillonnaient devant mes yeux, perdaient de leur signification. Au bout d'une demi-heure, je piquais du nez sur la page, m'y endormais. Je capitulai.

— Et où, cet enterrement ? J'ai connu Gap autrefois. Ça a dû considérablement changer !

— Ce n'est pas à Gap, dit Honnoraty, c'est à La Roque-en-Champsaur.

— Où ça ?

— La Roque-en-Champsaur.

— À quelle heure ?

— À quinze heures.

J'avais juste le temps de donner mes dernières instructions à la Chabassut afin que mes chats ne meurent pas de faim. Je quittai Digne pour Gap le lendemain matin et pour deux ans.

J'allais raccrocher avec un « le diable t'emporte » bien senti.

Le tonitruant Honnoraty hurla dans l'écouteur. J'arrêtai mon geste.

— Attends ! dit-il. J'ai encore quelque chose à propos de l'autopsie ! Attends, tu la recevras demain mais je te la lis : « Il n'a été découvert aucune trace de violence. Simplement on a trouvé sur les mains de la victime d'abondantes traces d'une substance analogue au talc, qu'on est en train d'analyser. »

J'étais ahuri.

Honnoraty avait déjà raccroché.

2.

Je ne l'avais plus vu depuis qu'il était venu me visiter chaque jour à la clinique où l'on m'extirpa pendant trois mois mes chevrotines. Puis il avait été nommé à Mayotte (il n'existait pas d'endroit plus lointain pour s'en débarrasser) et depuis lors c'était notre première rencontre.

Il avait considérablement engraissé. Il avait eu deux divorces. Il en avait gardé un enfant noir et une fillette blonde sur lesquels veillait sa mère, une Franc-Comtoise de souche, coriace comme un épicéa de chez elle.

J'ai dit « engraissé », je n'ai pas dit « grossi ». Et comme il ressemblait de plus en plus à Robespierre aîné, c'était comme un ascète dont le ventre serait plein que le juge Chabrand promenait sous sa tête de pâle incorruptible.

Il avait eu, comme on dit, des malheurs. En le considérant à la dérobée, je me pris à songer. Et je ne songeais jamais que par citations. J'étais cet agaçant personnage (je m'agaçais moi-même souvent) capable à tout moment de résumer en une strophe entière tous les aléas de la vie. Ce jour-là, considérant l'engraissement inopiné du juge Chabrand, ce fut Racine qui vint à mon secours : « Les malheurs n'avaient point abattu sa fierté. »

Simplement, il avait molli, il était devenu indulgent à toutes les turpitudes humaines, il avait décidé d'appliquer les méthodes de Jung. De sorte que toute situation trouvait sa solution pratique dans le passé de l'individu.

C'est du moins ce qu'il tentait de m'expliquer tant bien que mal et que j'essayais de comprendre, en gravissant les pentes du col Bayard.

Prétextant mon grand âge, j'avais alors soixante et un ans, Chabrand avait insisté pour m'embarquer dans sa voiture plutôt que d'emprunter la mienne. J'étais habitué, hélas, à ces inconvénients de l'âge, qui vous exposent à rencontrer, à chaque carrefour, quelque pratique d'autrefois qui vous découvre avec un étonnement non feint et dont le regard, en un seul éclair, vous dévoile sa pensée profonde à votre égard :

— Comment ? Laviolette ! Mais il n'est pas encore mort celui-là ?

La décence plaque son cataplasme sur ce cri du cœur et c'est alors un concert de louanges et de regrets admiratifs, sur ma bonne mine, ma longévité, quoique celle-ci parût à chacun scandaleuse.

— Vous auriez dû retirer vos chaussures à clous, me dit à regret Chabrand, ça fait un peu ostensible pour un policier, vous ne trouvez pas ?

— Patience ! Quand vous pataugerez dans les cloaques du Champsaur, car il pleut depuis douze jours, vous chanterez une autre chanson !

C'était vrai qu'il pleuvait depuis douze jours. Des lambeaux de nuages funèbres s'accrochaient aux sommets des monts.

Ce Robespierre avait encore de l'appétit pour les futilités humaines et ça le désobligeait énormément que j'apparusse, à cause de mes chaussures utilitaires, comme un policier lourdaud, indigne de figurer à ses côtés.

Lui-même était élégant comme un chantre d'église : souliers vernis à élastique et nœud papillon noir sur plastron blanc.

Comme il avait gardé son profil tranchant, c'était un étrange spectacle que de voir cet incorruptible promener sur l'altitude sa quarantaine, âge que son modèle n'atteignit jamais, avec l'étrange pâleur d'un mort-vivant.

On abordait avril, en plein dégel. L'hiver avait été sévère. La montagne offrait cette absence de couleur qu'elle tenait de tant d'arbres noirs en sommeil et de mélèzes maigres réduits au squelette et Chaillol-le-Vieux, le sommet du pays, dégoulinait encore de neige. On ne voyait de vert nulle part.

— L'essentiel, dit Chabrand, c'est de ne pas se tromper d'innocent.

Cette sentence était le résultat d'une intense méditation. C'était une curieuse tournure de son caractère que de me faire partager ses conclusions hasardeuses sans m'avoir fait part des prémisses.

Nous abordions les derniers lacets du col Bayard, le seul des Alpes qui fût miséricordieux, par ses larges lacets spacieux comme autant d'amphithéâtres, aux quinze chevaux traction avant que seuls les troglodytes attardés, type juge Chabrand, utilisaient encore.

Le hautain fantôme de Lesdiguières m'attendait toujours en franchissant ce passage. Sa maigre silhouette de protestant intangible[1] avait façonné le paysage et tanné des générations d'hommes.

J'avertis Chabrand :

— Ne vous trompez pas d'itinéraire ! Au carrefour des Barraques, il faut faire presque le tour du rond-point et vous laisserez votre clignotant car il vous faut accomplir les trois quarts du sens unique et l'embranchement est presque invisible ! La direction n'est indiquée qu'in fine !

Je croyais l'avoir parfaitement renseigné car il branla du chef à plusieurs reprises d'un air entendu, néanmoins, il lui fallut faire deux fois le tour de l'îlot directionnel avant de repérer le bon itinéraire.

C'était une route furtive qui disait à peine son nom. On la gravissait sous le berceau des vernes et des hêtres qui vous masquaient tout le long leur défilé.

La Roque-en-Champsaur, c'était quinze hautes maisons à fenières où la demeure des hommes se réduisait au plus petit coin habitable, le reste étant autrefois réservé aux bêtes : la grange et l'étable. Maintenant, presque toutes étaient fermées, qui appartenaient à des gens de Gap ou de Grenoble dont les ancêtres étaient natifs du pays, mais qui s'y retrouvaient seulement pour les vacances.

Il en restait trois ou quatre de vivantes plus un café-épicerie où n'apparaissait plus que l'estafette du boulanger ambulant, arrêtée au pied d'un platane, et trois vieilles vénérables embarrassées de

1. Pas jusqu'au bout cependant, puisqu'il finit, comme Henri IV, par se convertir au catholicisme pour se remarier.

cabas à la main et qui discutaient véhémentement des affaires du monde.

Chabrand s'appliquait sur un virage en baïonnette, enserré entre deux granges et où nous nous demandions si nous ne resterions pas coincés. Mais c'était calculé au plus juste pour de lourdes charrettes autrefois chargées de foin. J'eus juste le temps d'apercevoir, sur un morceau de caisse à savon cloué contre un piquet, cette mention malhabilement écrite :

Cimetière

La voiture se retrouva à la sortie du village sans que nous ayons conscience de l'avoir traversé, en rase campagne, au sommet de trois virages, où, encore une fois, le même type d'écriteau augmenté d'une flèche dardée vers la droite vous enjoignait :

Fontaine miraculeuse

Nul ne parlait jamais de La Roque-en-Champsaur, ni de son cimetière ni de sa fontaine miraculeuse. Au bout de trois lacets, le chemin s'arrêtait abruptement au bord d'un pré, dans le vallonnement à l'infini d'une somptueuse forêt de hêtres. Quand le bruit de notre moteur se tut, une sorte de vent que je jugeai d'autrefois fit même entendre son murmure. Nous étions seuls, intimidés, comme en visite, comme en intrus, comme si nous venions de découvrir un secret qui ne nous concernait pas. Nulle muraille pourtant n'enserrait ce champ des morts. Nul portail d'apparat n'en interdisait l'accès.

Il n'y avait pas de cyprès, pas le moindre thuya. Il était à vau-l'eau, livré à l'air du temps.

Les morts vaquaient invisibles, dans le bruit lointain d'une vie mourante qu'entretenait à petit feu un quarteron de mortels au-dessus d'eux, dans le barattement des vieilles toitures qui clapotaient sous le vent.

Aucune protection ne les gardait contre l'éternité mais il était impossible aux renards de les déterrer tant ils étaient soigneusement bâillonnés sous tant de marbre de Carrare qu'on avait pu en voiturer ici.

Il y en avait de porphyre, de sarrancolin, rouge griotte, portor d'Italie, d'autres fleur de pêcher (les plus coûteux). Quelques avares s'étaient frileusement contentés de marbre blanc ou noir.

Entre les monuments, on ne pouvait circuler que malaisément tant le terrain était mesuré, comme si l'espace bénéfique qui permettait un certain confort se jaugeait ici au mètre près.

Je sentais instinctivement – mais c'était un instinct de Bas-Alpin – que se faire enterrer ici avait dû coûter fort cher.

De l'herbe à nos pieds jusqu'à la première sépulture, nul obstacle ne nous séparait. Elle était noire, c'était celle d'une femme :

Heurtebise Combassive
12 novembre 1870 – 19 septembre 1922

Une épitaphe longue d'un distique était gravée en lettres d'or dans le noir du marbre.

Élégie pour Laviolette

Allez ! Je veux rester seule avec les tombeaux,
Les morts sont sous la terre et le matin est beau[1] *!*

Au-dessus de cette première sépulture, un bouquet de tombes multicolores se déployait en large éventail. Il évoquait le caractère d'un tribunal. C'était un aréopage de disparus prêts à vous juger.

Ces tombes étaient propres, peu marquées par le temps, cossues comme des meubles de grande maison. Elles n'étaient ornées ni de fleurs, ni de bibelots, ni de plaques commémoratives, ni non plus de ces céramiques pour fleuristes qui sont l'ordinaire des cimetières, afin de débarrasser les familles une fois pour toutes du gênant rallye des chrysanthèmes tous les débuts novembre.

Il y avait peu de croix fichées ou fixées sur les tombes, comme si tous les incroyants de la Terre s'étaient rassemblés ici pour protester devant Dieu contre la tache originelle qui les avait précipités dans leur condition de mortels.

Certains morts avaient eu la faiblesse, la naïve vanité, d'accrocher leur Légion d'honneur à la stèle debout qui disait seule leur mérite, lequel était en général un mérite guerrier.

Mais ce qui intriguait surtout c'est qu'elles n'étaient habitées que par une seule dépouille.

Un seul nom occupait tant de marbre comme si le défunt n'avait jamais eu nulle ascendance ni descendance et qu'égoïstement il eût voulu bénéficier seul d'un privilège que conférait la terre de La Roque-en-Champsaur. Ces tombes exclusives ne souffraient pas la promiscuité. Elles escaladaient la

1. Anna de Noailles.

montagne jusqu'à la forêt, rivalisant de simplicité et sobres comme la mort. Ces tombes en hémicycle s'étageaient au long de la pente. Elles offraient une propreté décente et le seul vieillissement qui fût perceptible, c'était la rouille aux jointures des arabesques de fer forgé qui les protégeaient, comme si on avait craint qu'on leur marchât dessus. Aucune présence n'avait pourtant jamais regretté le mort, ça se voyait aux herbes folles qui cernaient toutes les sépultures.

Nous étions arrivés au sommet où la pente trop raide ne permettait plus l'excavation, Chabrand s'exclamant comme s'il découvrait ici sa patrie et moi qui ahanait péniblement dans son sillage.

Nous étions en train de goûter hors d'haleine le plaisir de vivre, alors que tous ces semblables, nos frères du futur, étaient eux, en train de pourrir.

Nous étions arrêtés devant une tombe nouvelle, toute fraîche, à peine creusée avec son monticule de terre où la pelle et la pioche étaient fichées dans le sol, au centre d'un arasement spacieux, certainement destiné au dépôt d'une dalle qui viendrait bâillonner le mort.

Je n'eus que le temps de tirer Chabrand derrière une stèle verticale, brute, en granit celle-là et portant un seul mot *Maudru* sans date, sans aucun prénom. Il semblait que le personnage eût été suffisamment important pour se dispenser d'être présenté.

Un crissement discret derrière nous nous fit jeter à l'abri de ce rocher comme des gamins pris en flagrant délit de maraude.

C'étaient trois limousines derrière un char funèbre. Il n'y avait pas de prêtre mais les trois chars étaient chargés de fleurs, de palmes et de couronnes jusqu'à l'impériale.

Déjà les croque-morts déposaient avec précaution sur la terre au bord de la tombe ces trophées de regret. Il y avait même une couronne oblongue ceinte d'un ruban tricolore.

Du deuxième char descendait une longue dame en noir, souple et ondulante et trébuchant à chaque pas. Elle était anonyme sous trois couches de crêpe et on sentait rien qu'à voir ses chevilles maigres qu'elle s'était, quoique invisible, enlaidie d'un seul coup.

Deux enfants superbes, en noir aussi, la flanquaient, confortant son chagrin. Le garçon immense, la fille éclairant tout ce deuil par une superbe chevelure blonde qui éclatait de santé et qui sans pudeur éclipsait tant de noir sur tant d'ombre.

Les manœuvres discrets, qui jusque-là attendaient, avaient « tombé la veste » et à coups de pelle et de pioche commençaient déjà allègrement à ensevelir le cercueil, alors qu'un officiel bardé de tricolore finissait à peine son discours de circonstance et s'essuyait stoïquement un œil entraîné à cet exercice.

— C'est triste, dis-je à Chabrand, entre haut et bas, un enterrement civil !

Il faillit éclater de rire.

— Vous ! Un franc-maçon ! Vous n'avez pas honte ?

— Tout ce que vous voudrez ! Mais il n'empêche que c'est triste !

Ai-je dit quelque part que j'ai de gros yeux à fleur de tête et sans expression qui inspirent le rire à qui me voit chagrin ?

Chabrand n'en pouvait plus à force de se retenir. Il en pleurait.

Il recouvra son calme abruptement. La veuve venait de nous frôler de l'autre côté de la stèle. Un parfum, quand elle défila, s'échappa de sa personne. Je me dis que ce deuil si ostensible ne l'avait pas empêchée de se parer d'une goutte de Dior sur la nuque.

Je flairai un vaste drame comme j'aime en trouver lorsqu'il y a anguille sous roche.

Je regardai s'en aller cette veuve flanquée de ses deux beaux enfants. Les croque-morts la dépassaient vélocement. Le chauffeur était déjà au volant du char amarante et leur faisait signe de se presser en désignant sa montre d'un doigt péremptoire.

Cet enterrement avait été aussi bref et minuté qu'une exécution capitale. On entendait encore les sanglots discrets de la veuve que déjà les pelles et les pioches retentissaient sur l'enfeu du corbillard, pour se préparer au prochain service avant la nuit, comme j'avais entendu gourmander le maître de cérémonie.

— Je crève de faim ! dit Chabrand. Moi, les enterrements, ça m'ouvre l'appétit ! Vous venez ?

Il faisait mine de me débloquer la portière. Je me récusai.

— Non, j'ai besoin de m'imprégner encore un peu de l'atmosphère !

J'avais de quoi nourrir mon imagination : tous ces morts de luxe étaient seuls dans leur tombe. Ils n'avaient pas de famille antérieure, ni ascendants, ni descendants, ni mère chérie les attendant, ni mort pour la patrie les glorifiant, ni même de : *à notre petit ange adoré.* Non, le mort était orgueilleusement seul dans sa tombe spacieuse, sans promiscuité et sans amour pour le suivre ou l'avoir précédé.

La veuve qui m'avait dépassé (je m'attardai à flairer son sillage) s'efforçait (à quoi pouvais-je bien déceler ce détail !) au contraire à modérer son allure. Autour d'elle l'odeur subtile du patchouli ou du vétiver se sublimait. Une foule d'épithètes irrévérencieuses me vint instantanément à l'esprit d'où surgit bientôt cette banalité : la veuve joyeuse.

Et pourtant, sous l'entassement des voiles d'Électre, les sanglots qui sourdaient sous les dentelles étaient d'une poignante authenticité.

Il est mal de se moquer ainsi d'une femme en grand deuil, mais que voulez-vous ? C'est ma nature de ne déceler dans le monde que matière à s'esbaudir.

— Alors, vous venez ? me dit Chabrand. Je crève de faim, je vous dis !

En réalité, il avait repéré, en montant le col Bayard, un de ces restaurants où l'on mange très mal mais ce dont on ne s'aperçoit pas, tant le service est impeccable, la réputation mondialement attestée et dont il est glorieux de dire : « Ce soir, je mange chez untel » pour vous servir de lettres de noblesse.

Nulle part ailleurs que dans ces lieux de prestige, il n'est autant loisible de berner son monde. Si par surcroît une grande fille blonde vous décline le menu inventif comme une déclaration d'amour, d'une voix à peine audible mais chargée d'aveux, alors vous êtes comblé avant même d'attaquer le plat parcimonieux qu'on vous sert avec une sauce délicieuse (la sauce et l'art du nappage étant ce qu'il y a de moins coûteux en cuisine).

Chabrand était friand de ces morceaux-là.

— Allez devant, lui dis-je. Je n'ai pas faim et je vous répète que je veux m'imprégner de l'atmosphère !

— Et comment reviendrez-vous ?

— Il y a un autobus ce soir au carrefour qui dessert La Roque. Je marcherai jusque-là !

Il haussa les épaules et dit :

— Quelle histoire êtes-vous encore en train d'inventer pour faire dormir ceux qui vont l'entendre ? Il n'y a pas de mystère ici. Hors ceux que votre imagination est en train d'échafauder !

Il me laissa en plan, sans égard pour mon grand âge, mais j'avais l'habitude qu'on m'oubliât au bord du chemin.

3.

En vérité, lorsque je flaire un paysage choisi, c'est toujours avidement l'homme qui l'a façonné que je recherche. Et c'est lui que je traque pour l'aimer et le connaître. Même mort depuis trois cents ans, l'air inspiré en des temps différents nous amalgame, lui pourrissant et moi juste pourri. La fraternité du terreau nous conjugue.

Je venais, tandis que nous montions, de découvrir un de ces hommes. Je l'avais deviné à l'air du temps. À mesure que se dévoilait le visage du pays et de ses gens.

J'allais bon pas sur ce chemin que nous avions gravi à soixante à l'heure. Maintenant je marchais à mon rythme.

Tout le fond de la vallée était obstrué par un nuage vu du dessous qui jetait hors de lui des flammèches de vapeur d'eau verticales, lesquelles fusaient en point d'interrogation et cherchaient leur voie. Mais elles n'étaient pas plus tôt nées qu'elles mouraient en d'autres arabesques.

Soudain un rayon de soleil oblique les souleva et s'inséra entre ciel et terre. En un instant, comme s'ouvre le rideau d'un théâtre, tout l'espace fut nettoyé d'ombre et le pays apparut éclatant. Le Drac en bas s'écoulait et se répandait comme plomb fondu. Je me dis « le chant du monde » et aussitôt, j'entendis gronder dans les gorges le bruit que faisait le torrent pour l'éternité. Il me sembla que j'avais retrouvé mes vingt ans.

Je me retournai d'un seul bloc. Alors, je vis étalées sur l'éventail de la forêt ces tombes neuves qui regardaient le même spectacle que moi. Elles se pressaient comme pour obtenir une meilleure place que le voisin. Mais c'était une illusion. Ces morts étaient convenablement installés sous la terre et en bon ordre.

C'était leur exemple qui donnait le ton. Ils semblaient être les spectateurs d'un combat sans merci et toute la réalité de l'espace, enveloppé d'un silence habité, paraissait sortir d'un rêve. Je me dis : « Ils ont raison, c'est ici qu'il faut être enterré. »

En bas, au fond de la vallée, le Drac de Champoléon se mariait à celui du Valsenestre.

En face, sous une lumière malade, se dessinait l'Obiou comme occupant un trône immatériel sur un ciel à peine esquissé.

Un mystère narquois miroitait avec l'aide du soleil couchant qui balayait fugacement, d'un large pinceau, les monts l'un après l'autre. Les possessions éphémères de l'homme sur terre s'exposaient, offrant à ma recherche leur muette réponse. Les possessions charmantes qu'ils avaient forgées à coups de millénaires et de morts entassés, elles apparaissaient ici presque achevées. Il n'y manquait plus que quelques touches que le temps fournirait.

Et je compris alors pourquoi tous ces morts s'étaient frileusement rassemblés ici, les uns contre les autres. C'était pour continuer à profiter de ce que moi, vivant, je contemplais, saisi, interloqué ; s'enivrer une fois encore de ce que dévoilait, chaque soir, la perspective ouverte par ce soleil oblique.

C'est alors qu'au milieu d'un grand pré, toute seule et comme gardienne de ce champ des morts, je vis fumer une chaumine tout de guingois, tenant à peine sur la pente où elle paraissait cramponnée. Je l'avais déjà aperçue à l'aller, dans la voiture, à soixante à l'heure. Il m'avait semblé que... oui, c'était bien un vieil homme, assis sur une chaise dépaillée. Il était comme l'Obiou, là-bas en face, on eût dit que sur son mauvais siège, il occupait un trône.

C'était un être massif, ramassé sur lui-même et qui me regardait venir, un œil mi-clos, goguenard. L'œil d'un qui sait et qui en tire gloire.

C'était un de ces hommes dont on devine, rien qu'à les voir, qu'ils sont bourrés de secrets patiemment amassés au long de leur vie.

Pendant le temps que j'avais mis à grimper depuis la route jusqu'à sa cabane, il avait eu tout loisir de me voir arriver. Je haletais, je toussais, j'étais à bout de souffle. Je m'affalai devant lui sans même pouvoir lui dire bonjour.

— Respirez, me dit-il. Y a rien qui vous presse ! Assoyez-vous là, dans l'herbe. Elle est sèche, vous en faites pas ! Alors comme ça, vous venez de l'enterrement ?

Je fis signe avec la tête que oui car je ne pouvais plus parler.

— Y en avait plus eu depuis au moins cinq ans ! Et là ça fait événement !

Il me regardait avec bonhomie, mais toujours un

œil mi-fermé comme s'il me réservait une bonne blague. Apparemment, il me jaugeait. Il devait se dire que je n'en avais plus pour longtemps.

— Vous êtes d'ici ? me dit-il.

— Non, je suis des Basses-Alpes.

J'avais réussi à reprendre assez de respiration.

— Ah, dit-il.

Il poussa un reniflement de mépris qu'il prolongea indéfiniment. Il se moucha dans un grand mouchoir violet. Il cracha. Il finit par éructer :

— Ah les Basses-Alpes ! Les Basses-Alpes ! Ils ne sont guère subtils ! finit-il par dire.

J'avais maintenant complètement recouvré mon souffle et j'allais pouvoir énoncer la question que je me posais depuis que j'avais vu ce cimetière. Je lui demandai :

— Est-ce que vous savez pourquoi ils se font enterrer ici ?

— Ma foi ! dit-il. Je me le suis jamais demandé !

Il eut une grande envolée de bras :

— Ça doit être pour le bon air ! dit-il. Mais... vous avez vu que le cimetière ?

— Pourquoi ? Il y a autre chose ?

— Vous avez pas vu la chapelle ?

— Non.

— Et la fontaine miraculeuse ?

— Non plus.

Il se leva.

— Oh mais alors vous êtes un client pour moi ! Vous avez de bonnes jambes ?

— Ma foi...

— C'est pas possible que vous ayez pas vu la chapelle ! Ah c'est vrai que vous étiez en voiture. Vous avez dû passer à côté sans la voir !

Il s'était mis debout. Il s'emparait d'une canne fichée en terre et il dévalait la pente en montagnard, sans tenir compte de la déclivité. Auparavant, il avait pris soin de donner un tour de clef à la porte de la chaumine et de l'empocher.

— On sait jamais, dit-il, ce qui peut arriver.

Il me fallut courir le long de la pente pour le rattraper.

— Vous vivez ici toute l'année ?

— Oh non, j'ai ma femme et ma maison à Chauffayer. Mais l'été, je préfère rester ici. Parce que... ça attire le touriste ce cimetière où il y a personne du pays enterré ici. Alors je les guide.

— Mais qu'est-ce que vous leur racontez puisque, soi-disant, vous ne savez rien ?

— Oh, dit-il, il y a toujours à dire. J'invente ! Des fois, je me fais une pièce de dix francs. Je suis retraité, ça me paye le tabac !

Je marchais au-dessus de mes moyens. Il avait des enjambées d'un mètre. Je me sentais vieux à côté de lui.

Sa canne prétexte lui servait à exécuter de grands moulinets.

— Et à part ça, dit-il, différentement, qu'est-ce que vous faites dans la vie ?

— Retraité, dis-je spontanément.

— Oui mais enfin vous avez bien fait quelque chose avant ?

Nous marchions en file indienne, lui devant, moi à un mètre derrière.

— Bon ! Puisque vous voulez tout savoir, je suis commissaire de police et, vous allez rire, j'enquête sur un meurtre qui n'a pas eu lieu !

— Ah bon, vous êtes de la police !

La montée était rude sur le sol empierré. Je soufflais de plus belle derrière mon guide. Sur un promontoire devant nous s'érigeait un monument modeste. C'était une chapelle qui prétendait signifier quelque chose par tous les détails de sa construction.

Elle était haute et étroite. Une inscription sur une plaque de marbre la sommait. Nous arrivions de face devant elle. Une grande balafre très ancienne la pourfendait de haut en bas comme un coup de sabre.

Cette blessure formait une crevasse qui se prolongeait tout autour, du sol jusqu'à une sorte de bénitier en grès noir. Celui-ci, fendu en deux par la faille, proposait une eau lustrale qui jaillissait en son centre et que n'affectait pas la blessure du sol.

L'entrée de la chapelle était béante. Nul n'en avait plus refermé la porte depuis longtemps et les feuilles mortes qui s'entassaient au sol avaient fini par former un talus qui bloquait les deux vantaux.

Par là-dessus le désert et le silence. Le rai de soleil qui se couchait à l'horizon s'accordait au murmure du vent dans la forêt de hêtres en une musique à peine audible qui gémissait son regret.

— N'ayez pas peur ! dit mon compagnon. Pénétrez ! Allez-y ! Moi je connais bien. Je reste dehors !

J'obéis. Il n'y avait pas grande place à l'intérieur de l'édifice. Juste celle de deux prie-Dieu accolés devant le néant. Aucun symbole chrétien ne consacrait l'espace.

Les sièges liturgiques étaient bas, prêts pour l'agenouillement, et de hauts appuis les prolongeaient. J'eus la vision immédiate de deux fiancés à la veille de la bénédiction nuptiale mais dans ce cas, il n'y aurait pas eu de place pour le desservant face à eux.

— Et alors? dis-je. C'est le moment d'inventer quelque chose pour m'expliquer!

— Regardez le vitrail, me dit mon cicérone de l'extérieur.

Il me parut, mais ce n'était qu'une impression, qu'il n'aurait pas pénétré dans ce lieu étrange pour un empire.

Je levai la tête vers ce vitrail que traversait maintenant le rayon oblique du soleil. Pour qu'il puisse être déchiffré à quelque moment de la journée que ce fût, ce vitrail était placé levant-couchant comme une imposte en demi-lune de sorte que la lumière du jour le rendait discernable du matin au soir.

Il représentait un homme entre deux chefs peaux-rouges. C'étaient eux le motif principal du vitrail. Ils fumaient de longs calumets de la paix et descendaient de leur coiffure les faisanderies qui les apparentaient à des aigles héraldiques ou peut-être, en y réfléchissant, à des condors.

Aucune spiritualité n'illuminait leur visage. Ils étaient stylisés vulgairement comme seul avait pu les saisir quelqu'un venu d'ailleurs et pensant selon ses propres pulsions. Ils étaient trapus, bien découplés. Leurs pectoraux ressortaient. On les voyait de profil avec leur gros nez, leurs traits impitoyables, tels que pouvait se les représenter quelque Européen.

Le troisième personnage, l'air extasié, était représenté de face au centre d'une amande mystique. C'était un bon bourgeois alpin dont on ne pouvait rien augurer. Sa physionomie indiquait simplement qu'il avait bien fait ses affaires et que c'était un homme prudent.

Je ressortis de cette initiation la tête pleine de surprise.

— Lisez-moi, dis-je à mon guide, ce qu'il y a d'écrit sur la plaque au-dessus de la porte.

Il me regarda étonné, avec une ombre de soupçon.

— Vous ne voyez pas à cette distance ?

— J'ai des papillons devant les yeux.

— Ah bon...

Il me sembla que son amabilité à mon égard s'était complètement refroidie. Je regardai ma montre. J'avais une demi-heure pour regagner le carrefour où s'arrêtait le car pour Gap.

Je donnai dix francs à mon guide à la hâte et m'esbignai.

Il fut agréablement surpris. Je l'entendais de loin qui me criait :

— Revenez ! Je vous donnerai quelque chose pour vos yeux !

On croit toujours que les événements sont à votre disposition et qu'il n'y a qu'à demander pour les choisir. Je n'eus que le temps de prendre le car, de manger mon maigre repas, de me coucher car j'étais fourbu, dans le laid appartement que le sieur Honnoraty avait fait mettre à ma disposition ; de me faire présenter tout mon maigre effectif (six hommes) car s'il avait été prolixe pour me présenter ma mutation, en revanche, il n'avait pas beaucoup d'argent à consacrer à ce surnombre : moi.

Le téléphone sonna vers sept heures du matin. Je dus chercher le combiné à tâtons car je ne l'avais pas encore repéré. La voix pressante et pas très agréable du juge Chabrand me résonna aux oreilles en guise de diane.

— Je vous l'avais bien dit ! me maugréa-t-il sans préambule, de quitter vos chaussures à clous ! Voilà : l'assassin aura probablement pris peur !

— Que me chantez-vous là ?

— La vérité ! Cette nuit, cette atmosphère, dont vous vouliez tant vous imprégner ! Eh bien ça y est ! Elle nous retombe dessus pour nous empoisonner ! C'est bien ce que je craignais ! Chaque fois que je suis un peu tranquille, vous arrivez, vous ! Avec vos gros souliers ! Et les emmerdements nous pleuvent dessus !

— Si vous vous expliquiez plus clairement ?

— Il y a eu un crime ! Et, paraît-il, les gendarmes vous cherchent parce que, soi-disant, vous êtes le dernier témoin à avoir rencontré la victime vivante !

— Je n'y vois goutte !

— Hier à La Roque : vous avez bien parlé à un homme ?

— Sans doute !

— Eh bien, il est mort ! Assassiné !

Je restai sans voix.

— Allez ! Magnez-vous ! Dans dix minutes, je passe vous prendre.

Et c'est ainsi que je me retrouvai à ses côtés qui me racontait l'histoire.

— Télésphore, retraité, trouvé mort ce matin par le préposé des postes qui venait lui faire signer un dernier avis recommandé avant poursuites des contributions directes.

Il ricana.

— Il y a des jours où même le fisc n'a pas de chance !

— Mais mort de quoi ?

— De mort naturelle ! C'est le légiste qui le dit !

— Mais alors pourquoi venir me réveiller à sept heures du matin ?

— Parce que les gendarmes ont des doutes ! Ils ont trouvé, disent-ils, des traces dans les draps de la victime qui prouveraient qu'elle n'y était pas seule. Le légiste a eu beau leur répéter que la mort était due à un simple arrêt du cœur, ils n'en démordent pas. « Nous allons poursuivre nos investigations. » Les gendarmes, vous savez... S'il n'y avait pas eu cette plainte déposée par les héritiers du mari de cette veuve inconsolable, j'aurais clos l'instruction sans même l'avoir ouverte.

Ça c'est bien dans le style gendarme. Ils raisonnent d'après le système du fil en aiguille et ils concluent en fonction du proverbe : « Il n'y a pas de fumée sans feu. »

La fumée, c'était moi. Leurs ordinateurs venaient de rendre leur verdict : je m'étais couché dans la peau d'une conscience tranquille, je me réveillais dans celle d'un suspect.

D'autant que je n'avais pas l'intention de leur révéler le sujet de ma conversation avec le de cujus. Ils m'auraient ri au nez.

— En outre, dit Chabrand, les statistiques sont contre nous. Il n'y a jamais eu de crime à La Roque. Ce sont les ordinateurs qui le confirment ! Il y a une chance sur un million pour qu'il y en ait un ! Et dix siècles dans l'espace-temps ! ajouta-t-il accablé.

Nous étions arrivés sur les lieux du crime : le pré de la chaumière mais qui ne fumait plus.

Les gendarmes me reçurent avec le respect dû à mon rang mais on sentait qu'ils gardaient leur quant-à-soi : le petit sourire de doute derrière le respect.

« Pourvu qu'ils ne poussent pas jusqu'au cimetière », me dis-je.

Le corps avait été emporté aux fins d'autopsie. Il ne restait que la literie en désordre. Le médecin légiste, verdict rendu, venait de s'esbigner, pour des tâches plus urgentes. Il ne restait que trois gendarmes qui se heurtaient dans l'espace étroit de la cabane, cherchant je ne sais quoi.

Dehors, dans le pré, dangereusement de guingois sur une ornière, l'estafette de la gendarmerie attendait sagement. Soudain, à l'intérieur de celle-ci, le téléphone se mit à sonner avec rage, me sembla-t-il. Un des gendarmes se précipita dehors pour aller répondre.

Une voix éclatante fut si péremptoire au bout du fil que je reconnus immédiatement celle du conseiller Honnoraty. Instinctivement le gendarme de service se mit au garde-à-vous tant est persuasive une voix qui commande.

De là où j'étais, c'est-à-dire au seuil de la cabane, car il n'y avait pas de place pour moi entre les deux gendarmes qui fouinaient, je reconnus sans peine le timbre tonitruant de mon *frangin.* Il ne dialoguait pas. Il donnait des ordres péremptoires.

Et ces ordres me concernaient. J'entendis hurler deux fois mon nom. Chabrand se tint prudemment hors de portée auditive de cette diatribe pour n'avoir pas à la commenter. Il regardait avec une moue dégoûtée les gendarmes vider la chaumière de son contenu. C'était du matériel de vieux sans souvenirs ou alors des souvenirs saugrenus : l'énigme d'une télévision débranchée – il n'y avait jamais eu de courant à la chaumière – s'empoussiérant au fond de l'ombre, soigneusement recouverte d'un tapis africain, comme une précieuse relique.

Les gendarmes paraissaient désappointés. Ils n'avaient rien trouvé de notable. Qu'espéraient-ils découvrir puisqu'ils ne savaient pas ce qu'ils cherchaient ?

Celui qui était parti en courant vers le téléphone en revenait tout éberlué de la diatribe injustifiée qu'il venait d'essuyer. Le brigadier s'approcha de moi tout radouci. J'étais passé en un instant du statut de suspect à celui d'enquêteur.

Je fis ce que je pus pour arrondir les angles. Je n'ai toujours eu au cours de ma carrière qu'à me louer tant de la compétence des gendarmes que de la qualité de leurs informations.

Elles prennent leurs sources dans les racontars du peuple et c'est dans cet immense cloaque que résident les solutions de tant de problèmes, une fois le tissu décanté.

Je les soupçonne de tenir registre mentalement d'une nomenclature spéciale qui n'a pas de référence et pas d'ordinateur mais qui relève tout simplement de leur mémoire collective qui leur permet de relier un vol de poules avec les déplacements à l'aube d'un trafiquant d'héroïne revenant sur sa charrette de chez un producteur chimiste.

Je me fis le plus humble possible devant leurs compétences, ce qui m'a toujours réussi, afin d'obtenir le plus de renseignements possible.

Ils connaissent leur secteur famille par famille. Leur registre confidentiel encore secret dans leur tête, vu la loi Informatique et Libertés, englobe trois générations d'innocents, de leur naissance à leur mort. Ils appliquent ce principe immuable : un honnête homme peut devenir un délinquant du jour au lendemain.

C'était maigre : le facteur avait trouvé ouverte la porte de la masure et l'impétrant les bras en croix et la bouche ouverte.

Néanmoins, arrivé inopinément sur les lieux du drame, dès que je fus relevé de mon état de suspect, je me jetai délibérément et sans vergogne sur le désordre du lit et je me mis à le flairer à la manière d'un chien de chasse. Cette perception olfactive m'avait toujours réussi.

C'était la couche décente et sans imagination d'un pauvre homme aux prises avec la vieillesse et si certaines velléités le tourmentaient encore, c'était à n'en pas douter qu'il avait plus d'yeux que de ventre.

Mais il avait fallu qu'une femme l'aide dans ce simulacre et une femme laisse toujours un semblant d'arôme (peut-on appeler ça autrement ?) *« si donaraï la mano, odore di femina »* chante Don Juan dans Mozart. Eh bien non ! Même pas ça !

Les gendarmes me regardaient goguenards m'escrimer à quatre pattes sur le lit. Mon gros derrière, ridicule dans cet agenouillement, et mes godillots tant décriés par Chabrand pointant vers le ciel.

Mais ils pouvaient toujours sourire en dessous, les gendarmes. J'avais deux longueurs d'avance sur eux, car ce crime sentait furieusement la poésie, ce qu'ils ne pouvaient même pas supposer.

À force de me persuader tout de même, je finis par subodorer un semblant de différence entre l'air ambiant et celui de la couche funèbre.

Je m'approchai en catimini de Chabrand qui humait au-dehors le bon air de la montagne. J'avais l'air penaud et coupable et c'est sournoisement et tête basse que je lui dis :

— Il faudra que vous recommandiez au légiste, comme les gendarmes l'avaient demandé, de regarder à deux fois avant de délivrer le permis d'inhumer. Il me semble déceler, oh très ténue ! une odeur de... talc !

— Ah vous avez senti ça, vous. Dans la puanteur d'un cadavre en train de perdre son poids en sanie de minute en minute ! En plus, le talc que je sache, le talc n'a pas d'odeur !

Je levai le doigt :

— Pour un odorat non exercé !

Néanmoins, il hocha la tête et nota quelque chose sur son calepin qui ne le quittait jamais et le referma d'un coup sec.

— De talc ! dit-il les yeux au ciel et en hochant la tête.

Apparemment il doutait de mes facultés et il ne desserra plus les dents durant toute la descente du majestueux col Bayard.

4.

Cette fois, c'était tout seul, sans juge d'instruction, que je franchissais le col Bayard. Chabrand avait parlé de ma vision saugrenue d'une prétendue odeur subodorée que j'aurais perçue dans la literie de la masure. Le légiste, en entendant ces sornettes, n'avait pas cessé de hocher la tête et de la lever au plafond.

J'étais donc rentré dans ma coquille. Mais j'avais téléphoné au célèbre Honnoraty et j'avais obtenu qu'on me laissât seul m'occuper de cette affaire.

— Démerde-toi comme tu voudras, me bonnit-il, mais sans faire de vagues. Il y a du micmac de province là-dessous. D'accord, je te laisse la bride sur le cou mais méfie-toi qu'elle ne t'étrangle pas !

Ainsi prévenu, je revenais à La Roque dans ma propre voiture. Ce n'était plus naturellement ma vieille Vedette vert pomme, je n'aurais plus eu la force de la manœuvrer, mais une deux chevaux 375 couleur cendre. Elle aussi pouvait franchir le col Bayard mais doucement et en seconde.

Les conducteurs de véhicules normaux me dépassaient sans coup férir et me jaugeaient d'un regard méprisant quoique charitable car j'étais l'un de ces derniers pauvres diables qui ne pouvaient s'offrir plus qu'une deux chevaux.

J'arrivai à La Roque dans cet équipage tanguant et sans prestige. C'était déjà un exploit que de s'extraire de son siège. Un natif traversait la place du monument aux morts en poussant une barrique vide devant lui, afin d'aller la mettre à gonfler dans le bassin de la fontaine. Je l'interpellai[1] :

— Monsieur, s'il vous plaît ! Savez-vous s'il y a un dépôt de pain dans le pays ?

Il me cria sans cesser de pousser sa barrique :

— Vous avez que de monter l'androne[2] là devant. *Chez Clorinde.* C'est marqué dessus. Elle en vend en cas de quelque chose.

Il tournait et retournait le vaisseau d'un côté de l'autre dans le bassin. Je me demandais où poussait la vigne ici, à douze cents mètres d'altitude.

— Entrez si vous pouvez ! ajouta-t-il.

— Pourquoi ? Y a tant de monde que ça ?

— C'est pas ça ! Si vous avez la force de lever le cavalet qui est devant et la cabrette et le paquet de pelles à neige qui encombrent, vous pourrez peut-être avoir votre pain. Mais j'aime mieux vous dire que c'est sur commande et que la Clorinde, elle aime mieux vous voir partir que vous voir arriver ! Ah, j'oubliais, il y a aussi un arrosoir qu'il faut pas se prendre les pieds dedans !

— Ils font tout ça, les clients ?

— Non. Mais ils sont tous souples. Ils évitent !

Il me jugea d'un coup d'œil averti.

— Mais vous, ça m'étonnerait que...

1. La topographie du village est de pure invention.
2. Androne : passage d'un homme. Rue très étroite.

Il me tourna le dos en secouant la tête.

J'escaladai l'androne caladée. Elle débouchait sur une place déserte. Le magasin était peint en bleu charrette et arborait en travers de la vitrine : *Chez Clorinde.*

Je vis une maigre vieille tout de noir vêtue et le cabas à la main qui évitait la cabrette en l'enjambant et qui se glissait en se cambrant sous le cavalet à cueillir les olives. À même la devanture était clouée une énorme réclame toute pleurante de rouille et qui proclamait : *Bouillon Kub.* J'avais vu la même à Piégut dans mon enfance.

En observant la vieille au cabas, j'avais suivi ses contorsions pour trouver l'entrée. Je l'imitai.

Une sonnette grêle signala ma présence. Une dame sans relief mais blasée me vit arriver sans plaisir. La cliente au cabas avait pris son pain et déjà s'esbignait.

Elle avait lancé :

— À demain, Clorinde !

Cette Clorinde, qui lisait son journal, ne me jeta pas un regard et récita d'une voix monotone :

— Monsieur, je ne sers que les commandes. Tout par ce jour, il n'y a plus de pain.

— Oh mais je ne viens pas pour le pain ! Je viens pour le mort !

Si je croyais l'avoir estomaquée, j'en fus pour mes frais.

— Ah, dit-elle, alors c'est différent. J'ai déjà répondu aux gendarmes que je ne savais rien et que d'ailleurs, je ne voulais rien savoir !

Je pris l'air le plus conciliant pour lui répondre :

— Sans doute, sans doute ! Mais des fois, vous savez, on croit ne rien savoir et puis, on en sait assez pour faire pendre un homme ! Vous habitez dans la maison ? Vous entendez bien les voitures qui passent sur la route ?

— Comme je vous entends.

Cette Clorinde était digne de Tacite.

— Alors la nuit du crime, la nuit où ce pauvre Télésphore est mort, vous n'avez rien entendu ?

— Ah, ce boit-sans-soif ? Et avare avec ça ! Il apportait tout son vin de Chauffayer. Il m'a jamais rien acheté !

— Bon, mais enfin, vous avez bien entendu dire qu'il était mort ?

— Ah ça ! Ça a bien fait guenillier les gendarmes ! Depuis hier soir, on ne voit qu'eux !

— Et ils ne vous ont rien demandé ?

— Demandé quoi ?

— Ben, par exemple, cette nuit-là, vous aviez bien entendu quelque chose.

— Ma foi ! Je leur ai dit que, vers les trois heures, j'avais entendu une voiture qui traversait et retraversait le village en faisant le moins de bruit possible.

Ça, elle devait l'avoir inventé dès qu'elle fut sûre qu'il y avait eu mort suspecte.

— Comment savez-vous qu'il était trois heures ?

— Mon horloge venait de sonner la réplique dans le corridor. Je l'ai entendue passer deux fois, la voiture, une fois à l'aller et une fois au retour.

— Et comment savez-vous que c'était au retour ?

— Mon horloge venait de sonner, depuis un moment, la demie de trois heures et je ne m'étais pas rendormie dans l'intervalle.

Les témoins ne sont jamais aussi précis que quand ils inventent tout. Elle fut soudain prise de scrupules.

— Notez bien, dit-elle, que c'était peut-être celle du Savouillan qui passait. Hier au soir, l'Éléonore m'a bien recommandé de lui garder son pain, qu'elle est pas encore venue le chercher. Ils ont affaire ensemble avec le Savouillan. De tout sûr, ils se seront oubliés. Maintenant, elle reviendra plus !

Elle jeta un regard désolé sur une miche solitaire qui lui restait.

— Vous ne voudriez pas me la prendre, mon bon monsieur ?

J'étais déjà en train de chercher fébrilement la monnaie. C'était un pain d'autrefois. J'en avais senti l'odeur et depuis j'en avais envie de ce pain qui venait de Chauffayer et je me disais qu'ils devaient encore le faire avec du blé dont les épis sont longs de six centimètres, au bout de tiges raides comme la justice, et que le four était encore chargé aux fagots de mélèze. On imagine tant de choses quand on a la nostalgie.

Elle me tendit sans barguigner la miche que j'enfournai sous ma veste. Peu importait qu'elle fût encore imprégnée de cendre au sortir du four. Il y avait si longtemps que je n'avais pas serré de vrai pain entre veston et chemise.

Je reçus comme il convient la bénédiction de Clorinde qui s'était enfin débarrassée de son surplus.

Elle me raccompagna jusqu'au bec-de-cane et m'ouvrit obligeamment la porte.

La cliente qui venait d'entrer, tout essoufflée, avait déjà saisi sa miche préparée et pliée derrière le comptoir sans rien demander et l'avait enfouie dans son cabas mais elle ne s'en allait pas.

J'étais de trop. Elle avait la bouche pleine de mots. Sous ses lèvres plissées en cordon d'aumônière, elle éclatait littéralement sur tout ce qu'elle se retenait de dire. Arc-boutée comme si un pressant besoin la tourmentait, Clorinde n'était pas moins ardente à me voir disparaître.

Si j'avais pu capter à travers la vitrine encombrée, les gestes véhéments de ces deux Érinyes, qu'une troisième rejoignait bientôt, j'aurais résolu le mystère de La Roque en un clin d'œil. Mais pour autant, il n'était pas le seul.

Je revins tout pensif vers ma voiture et déposai mon pain sur la banquette. Là-haut, semblable aux gradins d'un théâtre, le cimetière de luxe resplendissait tel un joyau. Il me faisait l'effet d'être hors du temps, hors de portée même d'un policier d'intelligence moyenne tel que moi.

Je jetai un regard sur l'altitude. Il me parut alors que la cabane d'où le vieil homme avait été emporté s'animait d'une intense activité.

Une silhouette entrait et sortait, encombrée chaque fois d'une brassée d'oripeaux qu'elle abandonnait sans précaution sur le sol. Je mesurai de l'œil la distance qui me séparait d'elle. La montée, depuis la voiture, me paraissait abrupte. Je soupirai.

Néanmoins, étant donné que j'avais accepté la charge d'enquêteur, il fallait bien que j'en assume les inconvénients. Je devais savoir ce qui se manigançait là-haut, au seuil de la masure. Tandis que j'avançais, je vis sortir tout seul le matelas qui eut quelque peine à s'extraire de la porte étroite.

Soudain, il pivota sur lui-même et s'abattit sur le sol en un nuage de poussière.

J'entendis une exclamation exaspérée. Un cri presque de souffrance.

— Imbécile ! Imbécile !

C'était une femme qui s'exclamait ainsi. Maintenant, je n'étais plus qu'à cinquante mètres d'elle. Je la voyais remuer les lèvres et s'exclamer.

Je ne distinguais que son derrière quand elle se baissait pour remuer le tas de hardes qui s'entassait à ses pieds.

Elle était à demi dissimulée sous un poncho écarlate où l'on voyait le *Che*[1] en pied, un fusil en travers du corps, et la barbe fleurie, tel qu'on l'a immortalisé en millions d'exemplaires.

Je m'attendais à trouver une femme revenue de tout, pleine de rancœur envers un conjoint peu ragoûtant. Il m'avait dit : « ma femme et ma maison à Chauffayer ». Je me l'étais donc figurée de son âge, revêche, ayant fait son compte sur le compagnon. Je trouvai une gardienne de chèvres bénévole et costaude qui avait choisi de s'arraisonner un retraité pour assurer ses vieux jours. Elle portait un pantalon de cuir, ma foi, fort bien rempli.

C'était une soixante-huitarde attardée comme on en déniche parfois dans nos montagnes. À la souplesse de ses mouvements, je conclus qu'elle ne devait pas avoir plus de quarante ans. Son allure et le poncho étaient une signature. Le poncho devait avoir vingt-cinq ans tant il avait essuyé d'intempéries.

Elle vociférait toute seule à l'infini et sa quête en vidant la baraque lui faisait pousser des « Imbécile ! » à n'en plus finir.

J'arrivai à sa hauteur en soufflant et souffrant.

— Qu'est-ce que vous venez foutre ici, vous ?

1. Che Guevara, un célèbre révolutionnaire, emblème de Mai 68.

Elle me faisait face, courroucée. Elle avait un visage de marbre grec antique dont j'avais souvent rêvé. Des yeux immenses couleur de ciel clair et par en dessous un impatient regard qui ne devait jamais avoir eu pitié d'aucun homme, quelqu'un à vous mener tambour battant et par le bout du nez. Je comprenais pour le conjoint l'usage de la chaumière enfumée.

Je désignai ma personne d'une façon comique. J'avais toujours mes chaussures à clous, pratiques pour marcher en montagne, dans les prés pentus.

— Il me semble que ça se voit !

— Non, ça se voit pas ! dit-elle méfiante. On dirait que vous êtes déguisé !

Elle s'était laissée choir sur le matelas, commodément, sans complexes. Elle tirait de sa sacoche une blague à tabac crasseuse et entreprenait d'en rouler une. Elle devait avoir jaugé d'un seul coup d'œil quelqu'un à qui l'on pouvait parler.

Quand elle eut préparé sa cigarette, elle entreprit d'en fabriquer une pour moi, sans façon, puis l'ayant mouillée de sa langue, elle me la tendit. Je n'eus garde de refuser un si beau présent.

— Et autrement, dit-elle, est-ce que vous savez ce que c'est qu'une tontine ?

Je tombai des nues. Jamais je n'avais entendu ce mot ni ce qu'il pouvait signifier et je le lui dis.

— Il m'en parlait tout le temps. Il me disait : « Quand je serai mort, je suis le plus jeune, tu auras ma tontine. » Vous comprenez, quand je suis arrivée ici, j'avais roulé ma bosse et je n'avais rien. J'étais fille de cheminot, moi. Mon père m'avait juchée sur ses épaules aux premières grèves de 48. Vous vous rappelez ? Et après, en 68, j'étais parmi les deux cents femmes qui ont pissé sur les CRS qui défendaient le Palais-Bourbon !

Je sifflai :

— Mazette ! Ce devait être un beau spectacle !

— Oui ! Ben, je vous garantis qu'on pensait pas à ça ! On croyait que l'amour, c'était la liberté ! Mon père, quoique communiste, il était rigide comme un jésuite ! S'il avait su que je faisais l'amour sans être mariée, il m'aurait tuée !

Elle cracha et écrasa son mégot dans l'herbe.

— Enfin, j'ai roulé ! Et j'ai atterri ici sans rien ! Je l'ai connu en jouant aux cartes à Chauffayer. À cette époque, il avait encore l'apparence d'un homme. Mais surtout, il y avait sa pension ! Il m'en parlait tout le temps. « Vous comprenez, moi, avec ma pension et ma tontine... » Oh, au début, oui, il m'en versait la moitié, de sa pension. Mais après, une fois sur deux, il oubliait. Puis à la fin, il me considérait comme sa femme, alors il me donnait plus rien. Je me suis mise à élever des chèvres. À faire l'élevage, à vendre sur le marché. Je me faisais honte !

— Pourquoi ? Il n'y a pas de honte à vendre des fromages de chèvre !

— Vous ne vous doutez pas, monsieur, de ce qu'on a connu, en Mai 68 ! On a fréquenté des fils de famille qui trouvaient commode de faire l'amour à bon marché. Je l'ai surtout fait avec un qui est même devenu ministre !

Une grande nostalgie passa dans son regard d'éleveuse de chèvres.

— Si j'avais voulu...

— Et pourquoi vous n'avez pas voulu ?

— Parce qu'il ne savait pas le faire.

Je me tus.

Je laissai s'établir le silence. Elle aussi.

Puis soudain, elle dit :

— Une tontine... une tontine...

— Si vous voulez, dis-je, demain, je vous apporte la réponse.

J'étais aussi impatient qu'elle de savoir ce que c'était.

— En attendant, dis-je, votre... mari m'avait promis de m'expliquer ce cimetière.

— Oh, mais je peux vous l'expliquer aussi bien que lui. Il me rabâchait tout le temps l'histoire ! C'est pas encore la nuit. Si vous voulez, je vous y amène !

— Mais vos chèvres ?

— Oh, elles sont dans un grand enclos où elles peuvent brouter. J'ai pas besoin de les surveiller ! Quant à la baraque, on peut la laisser ouverte ! Pour ce qu'elle contient !

Elle se leva avec une grande souplesse.

— On y va ? dit-elle.

Je la suivis.

Nous avons parcouru à l'envers le circuit que j'avais découvert la veille.

— N'allons pas trop vite, lui dis-je. Je dois bien regarder chaque tombe. Je dois bien m'imprégner de l'atmosphère.

En vérité, la femme était trop vive pour moi et je m'efforçais de la suivre parce que, quand elle marchait sur ce terrain pentu, elle offrait sa chute de reins à hauteur de mes yeux. Pour mon vieux regard convalescent de l'amour, c'était un bain de jouvence. J'admirais cette jeune souplesse flexible que j'avais tant connue et tant convoitée. Et c'était un contraste saisissant que ce barbon qui perdait souffle à la poursuite de l'illusion. Les hommes de mon âge ne se regardent jamais dans leur miroir et croient que celles qu'ils convoitent ne les voient pas tels qu'ils sont.

— Je vais vous faire passer, me dit-elle, d'abord devant les tombes des anciens maires. Elles racontent leur histoire comme un livre.

Nous étions arrivés devant un large enclos dont une grille en fer forgé interdisait l'entrée. Il y avait bien une porte mais depuis longtemps la rouille en avait soudé la serrure. Au centre de l'enclos, on devinait une inscription longue de trois lignes et le vénérable médaillon photographique d'un vieillard à la barbe taillée à la manière d'Armand Fallières et regardant fièrement l'horizon. Le monument en forme d'obélisque était couronné d'une faveur tricolore qui le magnifiait.

Dans un coin de cette enceinte couleur de marbre sale qu'on aurait pu dire fortifiée, un autre tombeau et un blockhaus, tout de granit gris sombre, offraient des impostes grillagées et une porte étroite qu'on jugeait pourvue d'une serrure énorme comme si on avait craint que le mort ne s'évada.

— Ce sont deux maires, me dit sans se retourner mon guide improvisé. Et ne me demandez pas pourquoi ils sont ainsi cadenassés.

Décidément, quand la réalité s'est coagulée dans la mort, on peut lire à livre ouvert dans l'âme des hommes. Ces deux maires dont la photographie ornait le cénotaphe, on pouvait augurer qu'ils n'étaient pas bons par nécessité et que, en cette vallée qui n'avait pour atout que son inoubliable beauté, il ne restait plus, s'ils voulaient survivre, qu'à partir ou à dominer leurs semblables par leur savoir, leur duplicité, leur sens tactique ou leur chance.

Je voulus encore une fois voir la chapelle au vitrail.

— Ah vous voudriez bien savoir ce que ce mausolée représente et pourquoi ? C'est un nommé Auguste Taix qui en a fait les frais et ce n'était pas pour lui. C'était pour sa mère qu'il adorait. Les deux prie-Dieu devaient expliquer la dualité de la mère et du fils. Je ne suis pas sûre que cet amour ait été totalement pur !

— Comment savez-vous cela ?

— Je ne le sais pas. C'est Télésphore qui me l'a imaginé un soir où il s'ennuyait. À force de gagner son tabac en faisant le guide, il inventait une histoire nouvelle tous les quinze jours !

— Et l'inscription en haut qui est à peine visible ?

— Comment, à peine visible ?

— Oui, j'y vois très mal de loin.

— Alors je vais vous la lire, mais n'espérez pas que je vous la traduise : *Auguste Taix donavit Alphonse Prépaz fecit.* Vous êtes bien avancé !

Je l'étais. Je voyais très mal, jusqu'à ne plus distinguer les caractères. Des papillons noirs très agiles à se déplacer me troublaient la vue mais j'avais l'imagination fort vive. Je situais distinctement ces deux hommes (celui du vitrail m'aidait beaucoup pour la représentation bourgeoise qu'il donnait de lui-même). Je les recréais dans une maison cossue un soir d'été, devant un verre. Taix disant à Alphonse Prépaz son intention formelle de faire élever un mausolée à sa chère mère, Marie-Antoinette, dame pieuse et pleine de contrition (comment avais-je pu inventer cela?), laquelle n'avait pas osé, avant sa mort, le faire ériger elle-même.

L'avait-elle suivi en Californie? Sur un bateau d'émigrés à la destination incertaine; avec son chapelet pour tout viatique et la terre promise au bout de dix mille kilomètres; emportant le Champsaur à la semelle de leurs chaussures, regardant une dernière fois le pic de Gleize où maintenant, cercueil crevé, ils pouvaient se repaître à satiété de cette terre ingrate?

Cette histoire muette et banale ne devait pas être loin de la vérité et la volonté du fils d'avoir triomphé de la fortune grâce à son âpreté native, sa ladrerie sans concessions; grâce aussi à son art de faire travailler les indigènes, les pressurer, les endoctriner à ses vues qui étaient de faire fortune le plus rapidement possible, pour revenir mourir dans son Champsaur chéri.

C'était tout cela que racontait cette chapelle étroite comme un index, plantée devant la vallée du Drac. Le fils n'avait pas eu les scrupules de sa mère sans doute et ne lui avait pas révélé ce qu'il avait réellement gagné à faire suer le burnous aux indigènes.

Il était là, présent dans l'atmosphère, avec son bon et son mauvais côté, qui représentait le génie de la race; les pieds solidement plantés dans des chaussures faites sur mesure comme on les faisait en Champsaur, encore il y a cent ans. Et son adversaire non moins âpre, non moins décidé, lui, à faire payer le plus cher possible cette lubie à son collègue alpin.

Peut-être se connaissaient-ils bien, peut-être

étaient-ils amis d'enfance, mais ils étaient prêts à s'estourbir pour cent francs.

Le vitrail avait dû faire l'objet de l'ultime tractation. L'un même avait dû proposer à l'autre sa fille en mariage comme dernier argument.

J'étais là, moi, Laviolette, les pieds tanqués comme eux, devant ce bénitier fendu du socle jusqu'à la vasque et tout en granit noir. Comme si l'épée de Dieu l'avait pourfendu pour toujours ; à me demander éperdument ce que je pouvais tirer de mon cerveau pour expliquer cette munificence rurale, cette dépense démesurée car une chose est de bâtir une maison pour les vivants et c'en est une autre d'en élever une simplement pour que des morts l'habitent.

Combien l'avait-il payée, cette chapelle, le Taix ? Et combien avait-il pu lui en faire rabattre, au Prépaz, quand ils s'étaient quittés bons amis après la tractation ?

— Eh bien ? Vous venez ? Le soir n'est pas loin et j'en ai encore à vous montrer !

La sirène soixante-huitarde me tirait de ma rêverie. Les tombes les plus huppées s'alignaient derrière elle comme les rayons d'une bibliothèque bien rangée, convenablement patinées, et ce n'était pas chose commune que de découvrir devant elles, imprimé sur le poncho rouge, le belliqueux *Che* dardant son fusil par le travers de sa poitrine vers quelque capitaliste pourfendu.

Je la rejoignis péniblement, m'efforçant, par coquetterie, de souffler le moins possible, mais ma vie dissolue de sexagénaire fumeur invétéré devant l'Éternel me ralentissait.

J'avais toujours repoussé comme enfantillages les remontrances qui m'adjuraient de me corriger – et d'ailleurs maintenant, il était trop tard. Je savais bien pourtant que je m'écourtais la vie d'autant de cigarettes que je m'obstinais à fumer.

Cependant, le poncho de ma chevrière qui lui arrivait à la taille et le balancement de ses hanches me tiraient joyeusement en avant. Je ne me serais jamais accroché à ce détail, à mon âge et dans ma situation, alors que je venais d'essayer de me détruire pour une autre. J'avais beau fouiller dans mon antéléchie, mes antécédents, les variations de mon caractère, je ne trouvais pas de réponse.

Le conseiller Honnoraty était un romantique. Il avait flairé le premier une affaire à tiroir sous son apparente banalité et il savait que moi seul, autre romantique, pouvais en démêler la subtile trame.

La monotonie des sépultures orgueilleuses et solitaires défilait dans la montée. Je lisais des prénoms qu'on avait voulus prestigieux. La tombe fraîche du dernier mari de celle que j'avais irrévérencieusement appelée « la veuve joyeuse » était maintenant arasée dans l'attente de son marbre. Cependant, surplombant celle-ci, une autre plus neuve que ses consœurs, plus anciennes, retint mon attention. J'y distinguais les lettres d'une épitaphe malaisée à déchiffrer à cause de ce papillon agaçant qui soudain me brouillait la vue depuis que j'avais reçu dans le dos ce bouquet de chevrotines.

Le nom pourtant était en lettres énormes, de celles qu'on ne peut pas ignorer :

Espérance Amourdedieu

— Elle en a expédié deux en trois ans !
— Qu'est-ce que vous dites ?

Elle me répéta la chose :

— Je dis qu'elle en a expédié deux en trois ans !

— Mais qui ça ?

— Le pélican !

Elle s'était assise sans façon sur le marbre froid d'une tombe et me regardait effrontément, d'une manière gênante.

— On l'appelle comme ça parce qu'elle parle toujours de ses enfants pour qui elle se sacrifie. C'est la plus belle hypocrite du canton et Dieu sait s'il y en a d'autres ! Et c'est pourquoi je vous en parle.

— C'est pas celui qu'on a enterré avant-hier, quand même ?

— Si fait !

— Et vous dites qu'elle en avait enterré un autre il y a trois ans ?

— Oui, c'est celui sur qui je suis assise !

Elle s'est levée de la tombe parce qu'elle devait commencer à avoir froid aux fesses.

— Oui, pauvre Paul Renard ! Un bel homme, un qui aurait vécu au moins cent ans !

— Et comment ?

— Ah, on sait pas ! Un matin, elle est sortie de la maison comme une folle en criant qu'elle venait de tuer son mari ! Elle a raconté aux gendarmes comment c'était arrivé : alors qu'en s'asseyant sur lui, il lui faisait une bonne manière, elle l'avait étouffé sans y prendre garde. Le pauvre homme. Vous savez, c'était un poète. Il s'est fait graver une phrase de lui sur sa tombe. Vous voulez que je vous lise l'épitaphe ? Vous verrez, elle est rigolote !

Fermé, sacré, plein d'un feu sans manière

— Arrêtez ! Vous avez bien lu « sans manière » ?

— Ben oui, c'est ce qu'il y a d'écrit. Qu'est-ce qui vous étonne tant ?

— Il y a une énorme faute d'orthographe ! C'est « sans matière » qu'il faut !

Alors, sans réfléchir, sans crainte du ridicule, je lui déclamai le poème en entier, en partant de là :

Fermé, sacré, plein d'un feu sans matière,
Fragment terrestre offert à la lumière,
Ce lieu me plaît, dominé de flambeaux,
Composé d'or, de pierre et d'arbres sombres,
Où tant de marbre est tremblant sur tant d'ombres ;
La mer fidèle y dort sur mes tombeaux !

Je ne lui fis grâce de rien, même pas du final.

Rompez, vagues ! Rompez d'eaux réjouies
Ce toit tranquille où picoraient des focs !

Je m'en voulais de mon pédantisme, mais j'éprouvais un tel bonheur à savourer les mots que peu m'importait l'auditoire. Le soir commençait quand ma voix convaincante s'éteignit sur les échos de la vallée. Il y avait des années et des années que je n'avais plus récité pour personne *Le Cimetière marin.*

Il me sembla que la chevrière en était frappée en plein cœur mais, bien entendu, ce n'était qu'une impression flatteuse dont je me targuais. En tout cas, malgré la fraîcheur du marbre, elle se laissa choir sur la tombe d'un seul tenant et il me plut que les mots de Valéry l'atteignissent, foudroyée comme je l'avais été moi-même à vingt ans.

Il y eut un silence profond soutenu par le chuchotis de la montagne autour de nous. Nous étions seuls, la nuit confondait la forme des arbres. Je n'avais plus soixante ans et elle avait retiré le poncho qui la gênait pour écouter car il était rêche, de mauvaise qualité, et il lui était importun pour entendre ce que je venais de parler.

Elle dit d'une voix humble :

— Vous pourriez me recopier ce que ce monsieur a écrit ?

Maintenant, elle était de face. Je voyais son visage dont avait disparu toute trace de rancœur contre ce monde qui le figeait tout à l'heure. Elle se leva.

— Venez, dit-elle, j'ai encore quelque chose à vous montrer.

Je la suivis. C'était un chemin légèrement déclive qui descendait vers un bosquet de viornes et tapissé de feuilles mortes laissées par les hêtres à l'automne dernier.

Nous marchions là, côte à côte et ne pensant à rien, sinon peut-être à ce cimetière que nous venions d'évoquer, plus suggestif que celui qu'il nous avait été loisible d'explorer ici, à La Roque-en-Champsaur.

— Voilà, dit-elle, c'est ici.

Elle me désignait, sous une coupole de faux marbre, une statue grandeur nature qui apparaissait dans une clairière au détour du chemin.

C'était un saint vêtu de bure le cou orné d'une croix. Les pieds nus dans les sandales et la dextre bénissante, il offrait à l'horizon ses yeux bien visibles quoique sans vie.

Sur le socle, il se faisait connaître :

Saint Clair

pouvait-on y lire.

Devant lui, comme un modeste présent, jaillissait sans bruit une fontaine qui s'abîmait tout de suite sous le piédestal.

Je n'ai jamais pu voir sourdre une source sans toucher à sa matière. Je me penchai sur celle-ci. Elle était glaciale.

— Elle est bonne à boire ? dis-je à ma compagne.

— Elle est plus que bonne. Dans le temps, il venait ici des processions, curé en tête et messe à l'appui. C'était la fête d'un certain Clair qui rendait la vue aux aveugles.

Je plaisantai :

— Mais alors, c'est bon pour moi ! Je souffre des yeux !

Je me penchai. J'avais soif. Ma déclamation passionnée m'avait desséché la bouche.

À genoux, il n'y avait pas moyen de boire autrement, je bus la tête penchée, la bouche ouverte, à satiété. Pour faire bonne mesure, je me lavai abondamment la figure. Elle m'encourageait :

— Bravo ! Très bien ! Si ça ne vous fait pas de bien, ça ne peut pas vous faire de mal !

Je me mis à rire, elle aussi. En deux heures de gambade buissonnière, nous étions plus proches l'un de l'autre que des frères qui se connaissent depuis l'enfance.

La nuit commençait à s'étendre au fond de la vallée. La solitude promettait d'être rude au fond des lits froids. Les tombes resplendissantes de souvenirs orgueilleux étendaient leur vision sur le spectacle du monde en train de s'endormir.

Ils avaient bien choisi leur place, les morts de La Roque-en-Champsaur. Ils étaient aux premières loges pour assister au spectacle de la nuit qui s'annonçait. Muette sur toile de fond obscure, Vénus étincelait, encore solitaire, jetant « sur l'altitude un regard souverain ».

Ma compagne et moi, nous étions honteusement main dans la main. Elle avait serré son poncho rutilant qui la couvrait du serein. Soudain, elle me dit abruptement :

— Savez-vous combien coûte le mètre carré de terre dans ce cimetière ?

Le chiffre qu'elle m'annonça me fit tomber assis sur le talus en pente.

— Pas possible !

J'entrevoyais qu'il y avait ici anguille sous roche mais je ne savais pas encore laquelle.

— Mais je ne vous ai pas encore entendu prononcer votre nom ?

— Jolaine. Et vous ?

Je me mis à rire :

— Vous allez me trouver bien outrecuidant. Je m'appelle Laviolette et mon prénom, c'est Modeste !

Elle avait jusque-là conservé la mine pensive, comme si elle ruminait une idée qu'elle n'osait exprimer. Elle la gardait pour elle. Elle luttait contre l'envie de l'avouer.

— Il y a quelqu'un qui vous attend ?

Elle avait détourné la tête en prononçant ces mots comme un aveu.

— Non.

Le silence retomba entre nous. Un changement

subtil s'était opéré depuis que ma voix s'était fait entendre dans les stances de Valéry.

— Vous ne voudriez pas, dit-elle, venir dîner avec moi ? Oh, je n'ai pas grand-chose mais c'est à la fortune du pot.

Nous étions arrivés à la chapelle au bénitier où, sur le terre-plein, j'avais abandonné ma deux chevaux.

— Moi aussi, dit-elle, j'ai une deuche, vous n'avez qu'à me ramener à elle, puis vous me suivrez jusqu'à Chauffayer.

Elle ne me demandait même pas si ça me convenait. Elle s'installait à la place du passager, d'autorité. Son véhicule n'était pas loin. Il était gris, du même gris sale que le mien, la seule chose qui fût différente, c'est qu'elle avait enlevé le siège arrière pour le transport des cabris.

Par nos deux chevaux identiques et pareillement avachies, nous étions frères.

À Chauffayer, elle s'arrêta devant une maison convenable et très vieille où se respirait l'odeur des générations qui s'y étaient succédé. Celle-ci était faite de la qualité des meubles et de la patine des corridors sonores dont on sentait qu'ils conduisaient jusqu'aux greniers, aux granges et aux écuries.

La passion des horloges avait résisté à celle du *Che* et aux tentations des pacotilles. Il y en avait deux : une dans l'encoignure de la cheminée, l'autre dans le vestibule de l'entrée. Quand elles se mirent à sonner gravement toutes les deux ensemble, il me sembla que cinquante ans d'existence venaient de tomber de moi comme une tunique inutile.

— Elles étaient à mes grands-parents, dit-elle. Ils

ignoraient l'existence de l'amour. On les avait mariés parce qu'ils étaient vaguement cousins de deux familles différentes et qu'il ne fallait pas partager le bien. Ils ne se sont pas connus de toute leur vie. Je suis partie parce que j'étais seule, mais depuis, j'ai été seule avec tellement de monde !

Sans transition elle ajouta :

— Je partage avec vous ! J'avais fait un lapin tartare ! Vous aimez ça ? Il y a trois jours qu'il recuit !

— Moi j'ai un pain dans la voiture !

Je courus le chercher. Quand je revins, je trouvai qu'elle avait mis une nappe dont on devinait à ses plis qu'elle n'avait plus servi depuis longtemps.

— Vous aimez le génépi ? dit-elle quand le repas fut presque achevé.

Elle n'attendit pas ma réponse. Elle n'avait pour tout potage que les deux derniers verres d'un service disparu. Elle les remplit à demi de cette liqueur couleur de brume verdâtre qui est la couleur du pays.

Elle rapprocha sa chaise de la mienne. Un mouvement timide de ma main effleurant la sienne lui fut prétexte de se loger sur mes genoux dès le deuxième verre.

— Voulez-vous, me dit-elle, que je vous raconte le troisième mariage du pélican ?

Elle avait regagné son siège. Elle emplissait pour la troisième fois le petit verre culotté du calcaire qui l'avait imperceptiblement incrusté. Un grand étonnement me paralysait, depuis sa confidence : « J'ai été seule avec tellement de monde. »

J'avais l'intuition qu'elle redoutait de parler avec moi d'autre chose que d'autrui et qu'elle redoutait plus encore que le silence s'installe entre nous.

L'instant lui paraissait si précaire entre le ridicule et la passion naissante. J'étais à l'unisson de son état d'esprit.

— C'était une substitution, dit-elle. Tout le pays était au courant. Elle s'est introduite il y a trois mois comme aide-soignante auprès de cet octogénaire qu'elle a aussitôt circonvenu. Il avait une maîtresse depuis vingt-cinq ans. Grâce à la clef de l'appartement qu'elle avait obtenu d'être seule à posséder, elle a réussi à couper toute communication avec tout le monde sous prétexte que l'état du malade s'aggravait. Elle s'est rendue nécessaire, puis indispensable. Et quand le moment fut bien choisi, elle persuada celui qui entre-temps était devenu son amant qu'il lui avait fait découvrir l'amour ! Il a alors écrit à deux de ses vieux amis qui connaissaient l'existence d'une ancienne maîtresse mais ne l'avaient jamais vue, et crurent que c'était celle-ci. Ils n'y ont vu que du feu ! De même que le notaire ! Et passer muscade !

— Et c'est cet homme que nous avons enterré avant-hier ?

— Oui.

— Mais voyons, tout cela est cousu de fil blanc !

— Comme tout ce qui est simple !

— Mais personne ne s'est aperçu de rien ? Personne ? Il suffisait que l'ancienne concubine fasse un raffut du diable !

— Cette ancienne commençait à l'être beaucoup ! Elle a, pendant toute cette période, attrapé une crise de sciatique qui l'a tenue éloignée ! Quand elle en est sortie, il était trop tard ! Les noces étaient célébrées et le mari entrait en agonie !

— Ça paraît invraisemblable !

— Il suffisait d'attendre et d'être assez roublarde ! Tu l'as vue sous son appareil de deuil ?

Jolaine finissait son troisième verre de génépi avec décision, comme si, durant son récit, elle avait pris son parti. Moi, complètement saoul et plein d'espérance, je ne valais guère mieux.

Elle me souleva littéralement de mon siège.

— Alors, dit-elle. Allons nous coucher : nous sommes saouls tous les deux. Viens avant que nous oubliions que nous le sommes.

Elle me jeta sur le lit comme un sac de pommes de terre. Mon poids ne paraissait pas la gêner. Pendant cet exercice, elle me précisait :

— Ah ! J'ai oublié de te dire : l'enterré de mercredi, il possédait cinquante hectares de pommiers en pleine production. Et il roulait en Mercedes.

Elle se leva nonchalamment et un peu lourde.

La chambre était contiguë à la cuisine sans aucun couloir de séparation. Et dans la chambre, il n'y avait place que pour le lit, plus une énorme armoire du Queyras, munie des huit symboles en rose des vents. Une odeur de miel se sublimait autour de ces meubles.

Jolaine s'affala à côté de moi.

— Je suis saoule, dit-elle. Enlève-moi mes chaussures.

J'avais depuis longtemps oublié, du moins je le croyais, les gestes essentiels et presque immatériels qui doivent précéder les oaristys les plus simples. Je me fis le plus humble possible. Je pensais qu'elle avait autant besoin que moi d'être rassurée.

Mais non. D'un seul coup, je me sentis emprisonné par des bras musclés qui avaient décidé de ne pas lâcher prise.

— Déclame-moi encore *Le Cimetière marin*, dit-elle.

Je roulai sur le lit à plat ventre à côté d'elle, loin d'elle, la tête tournée vers le plafond ; sans brutalité mais avec détermination.

— Pour célébrer Valéry, lui dis-je, j'ai besoin d'être libre.

Ma voix, elle, n'avait pas vieilli. Elle résonnait sous les vieilles solives, chargée de toute la volonté du poète d'exprimer l'inexprimable.

Je n'oubliais jamais que c'était un homme de vingt-quatre ans qui avait médité sur la matière devant les tombes éblouissantes de son cimetière particulier. Je songeais, en même temps qu'il s'exprimait par ma bouche, à ce jour dernier où il put se dire lui aussi qu'il avait esquissé, gravé pour l'éternité, l'ombre grandiose de la mort telle qu'elle était et non pas telle que se la représente notre monde passager et mêlée à notre soif impuissante d'imaginer ce que sera le monde toujours recommencé, après notre vie.

Mais dans leur nuit toute lourde de marbres,
Un peuple vague aux racines des arbres
A pris déjà ton parti lentement.

Ils ont fondu dans une absence épaisse,
L'argile rouge a bu la blanche espèce,
Le don de vivre a passé dans les fleurs !

La main de Jolaine s'abattit sur mon poignet et le serra fortement.

— Viens me faire oublier, dit-elle. Comme il y a

longtemps que je me dis toutes ces choses et comme chez toi, ça existe depuis longtemps !

Elle roula sur moi et, comme elle m'en jugeait incapable, elle défit elle-même son soutien-gorge. J'entendis le cliquet discret des crochets libérés. Ses seins roulèrent sur mon visage à la recherche de ma bouche.

La panique, comme chez moi, la paralysait. Je compris qu'elle avait honte de se montrer à moi comme moi à elle. Elle éteignit la lumière en me surplombant mais j'avais eu le temps de voir au-dessus de moi la cambrure de ses hanches qui se levaient à ma portée.

La cadence de ce que je venais d'exprimer résonnait encore en nous. Dans le grand sanglot que gémissaient ces mots sacrés, elle oubliait le vieil homme que j'étais et moi que j'étais celui-ci. Sans doute y avait-il plus de jours que moi, je pense, qu'elle n'avait plus fait l'amour.

Je n'avais plus les moyens de garder mon contrôle. Les quatre mesures de génépi avaient eu raison de mon entendement. Quelque chose au fond de moi murmurait bien, mais c'était comme le vent dans les arbres : « Alors ? C'est encore toi ? N'as-tu pas honte ? Ça ne t'a pas servi de leçon ? »

— Tu permets, dit-elle, que je t'appelle mon amour ? Il y a si longtemps que je ne l'ai plus dit à personne !

Nous étions discrets dans nos transports. Nous nous sentions abominablement dépassés. Les mots eux-mêmes que nous n'osions plus employer n'avaient plus cours en ce siècle.

Valéry s'évaporait au fond d'un cyclone qui tournoyait irrémédiablement vers l'oubli de l'élégance.

Mais nous, notre refuge était un grand lit à rouleaux et matelas de laine qui se coulait autour de nos corps et nous installait prisonniers de son bon vouloir. Il sentait lui aussi, comme toute la maison, un parfum d'abeille. La cire dont Jolaine devait le nourrir plusieurs fois par semaine installait dans son parfum celui du pays. Il contenait les vallées, l'air du matin, la joie des journées et la mélancolie des soirs d'été. Depuis longtemps ce lit regrettait de ne plus servir à autre chose qu'à dormir.

Je finis ma nuit dans l'arôme de cette maison que Jolaine transportait en elle.

Arôme tissé de la montagne et de tout ce que celle-ci exsudait avec elle. Une montagne qui disait : « Profite ! Tu réfléchiras plus tard ! Que t'importe d'avoir soixante ans, si tu ne les sens pas ! Tu as honte ? Tu t'en veux de t'être si vite consolé ? N'essaie pas de comprendre le pourquoi ! C'est au-delà de ton entendement ! »

— Surtout n'oublie pas, dit-elle, de me recopier *Le Cimetière marin* !

Je n'aurais eu garde de ce sacrilège. La langue française m'enchaînait à l'âme de Valéry et, en même temps, un mélange mystérieux se concoctait face à cette élégie dans mon être encore incapable de se définir. J'éprouvais un sentiment qui avait été ravagé en moi depuis longtemps : j'étais joyeux.

C'est seulement quand j'eus cessé d'être en transe que je me souvins de la tontine.

Je n'avais à ma disposition qu'un petit dictionnaire de campagne mais, heureusement, la définition du mot y figurait en entier.

Je la copiai et je la joignis à l'envoi pour Jolaine. Je me demandai ce qu'elle pouvait bien vouloir faire de ça : « Tontine : convention par laquelle plusieurs personnes stipulent qu'au décès de chacune d'elles, le capital lui appartenant reviendra aux survivants ou à leurs héritiers et ainsi de suite jusqu'au dernier. »

J'étais trop fatigué pour réfléchir. Je m'accordai une sieste réparatrice qui dura jusqu'à cinq heures du soir. Ma tête résonnait encore des stances de Valéry.

5.

Le lendemain, et toute autre préoccupation écartée, puisque j'avais reçu l'aval du célèbre Honnoraty, je me rendis chez la veuve entraperçue au cimetière de La Roque-en-Champsaur.

Et ceci sans autre idée préconçue que de lui faire remarquer la faute grossière commise par le graveur dans le marbre. Elle était hélas irrémédiable. Mais qui irait s'en apercevoir ?

Au préalable, j'avais écrit à Jolaine pour lui donner la définition du mot *tontine* et l'apprendre moi aussi par la même occasion.

J'éprouvai alors les plus grandes difficultés à lui dire sans mentir ce qu'elle était pour moi. Plusieurs envois me vinrent à l'esprit comme les banals *mon amour, ma chérie*, etc. Je sais que ça lui aurait fait plaisir mais ce n'était pas vrai et pour quelqu'un capable d'apprécier Paul Valéry, cela pouvait passer pour une insulte à son esprit. Je devais la traiter d'égal à égal et lui donner espoir que l'attirance désespérée qui avait poussé l'une vers l'autre nos solitudes se cristallisât. Je finis par ce qui convenait le mieux à l'hypocrisie de la situation, un *très chère* chaleureux mais qui n'engageait pas l'avenir.

Ma lettre en poche et pas peu fier de l'avoir rédigée au mieux, je m'acheminai à pied vers la poste centrale. Ici, ce n'était pas comme à Digne : nul ne me connaissait ni ne me saluait. Le personnel du commissariat m'avait accueilli avec résignation et me rendait un salut réglementaire mais sans plus et négligemment. Ils auguraient qu'ils venaient de toucher un pantouflard en fin de carrière dont il convenait d'accompagner le déclin le plus doucement possible.

Il n'y avait pas d'espoir d'avancement ni de se distinguer. Gap était une ville tranquille dont seules quelques voitures brûlées de temps à autre en catimini, par une jeunesse qui s'ennuyait ferme attestaient la vitalité.

Je me promettais de longues promenades hygiéniques dans les allées du jardin public bien entretenu.

Cela me rappelait mes premiers pas en cette ville, du temps où Piégut, mon village natal, était assez loin du monde. J'avais vendu ma maison et ne me souvenais même pas de son emplacement, tant les souvenirs d'autrefois deviennent des dictionnaires dont nul n'ouvre plus les pages.

S'il y avait des assassins ici, ils ne pouvaient être que d'eau douce. C'est dans cet état d'esprit que je me dirigeai vers la demeure de la veuve. Elle habitait au flanc de Charance la villa fort ancienne qu'y avait fait construire un ancêtre de son dernier mari et qu'elle avait occupée sitôt son veuvage. Un parc, fort ancien lui aussi, la cernait de beaux arbres chargés des souvenirs d'autres êtres qui avaient vécu là leurs années de bonheur.

Un jeu de croquet gisait épars sur la pelouse mal

entretenue, abandonné là sans aucun doute à la suite d'un de ces malheurs inopinés qui guettent les hommes à tous les tournants de la vie et ne leur permettent plus ensuite de revenir aux plaisirs de leurs jours. Celui-ci était abandonné là depuis cinquante ans sans doute car les arceaux disparaissaient sous les liserons et l'herbe nouvelle. La grille d'entrée était délabrée et coincée depuis toujours. Une plaque de porcelaine sur le pilier de droite indiquait : *Villa Marie-Antoinette.*

Dans l'allée, de fois à autre, du crottin plus ou moins sec attestait qu'un cheval vivait ici.

Je m'examinai dans la flaque d'eau d'une pluie de la nuit. Je suis toujours camouflé sous les espèces d'un commis-voyageur sans clientèle, de sorte qu'être humble pour l'éternité n'était plus pour moi faire un personnage.

Un étrange silence régnait sur cette propriété. Le silence de la paix chèrement gagnée. On entendait au loin le bruit d'un trotteur qu'on refrénait puis qu'on relançait d'un claquement de lèvres. Il trottait puis galopait comme pour prendre élan, ce qui signifiait qu'il était à l'exercice.

La porte d'entrée de la villa, au bout d'un perron prétentieux de quelques marches, était elle aussi coincée aux trois quarts de sa course. J'attache beaucoup d'importance à ces sortes de détails. Les négligences des portes d'entrée sont comme des literies ouvertes, hâtivement refermées, et strictement muettes sur le quant-à-soi de leurs utilisateurs : « lire à livre ouvert » dans la vie des gens passe aussi par leurs seuils diversement parlants. Ça, c'était hier. Aujourd'hui, la panique a fait mettre des serrures perfectionnées aux portes des maisons.

Aujourd'hui, la peur a fait clore les portes. Il est désormais impossible de lire dans l'âme des gens qui ont peur.

J'agitai en vain une sonnette antique et peu efficace. Personne ne s'en inquiéta. Un vestibule à escalier se présentait orné d'un lustre haut suspendu qui oscillait entre les étages. J'eus l'impression que la maison s'offrait sans défense à mon indiscrétion. J'avançai sur la pointe des pieds. À droite s'ouvrait une porte également béante. Il s'en échappait un bruit diligent. Je reconnus la frappe active d'un ordinateur en marche. Je heurtai à l'huis ouvert le plus discrètement que je pus. Le grand jeune homme blond aperçu l'autre après-midi, qui soutenait sa mère lors de l'enterrement, se retourna.

— Qu'est-ce que c'est? dit-il.

Je me renforçai dans mon état de commis-voyageur.

— Excusez-moi, je cherche Mme Aurore du Plessis.

— C'est ma mère ! Elle est au gymnase !

Le grand jeune homme paraissait soucieux. Malgré sa beauté et sa jeunesse, il offrait l'image d'un homme qui ne maîtrise plus une situation donnée.

— Suivez le couloir, me dit-il, vous déboucherez sur le gymnase, la porte doit être ouverte.

Il ne me proposait pas de m'accompagner. Il ne me demandait pas à quel sujet je voulais parler à sa mère. Il ne me demandait pas mon nom. Il avait l'air vraiment très préoccupé.

Le corridor que je suivis n'était pas très long. J'entendis un bruit particulier : celui de gifles sonores ou peut-être d'une brassée de pâte à pain qu'on pétrissait. Au tournant du couloir, une porte s'ouvrait sur une grande salle en contrebas largement aérée. Les portes béantes avaient l'air d'être l'ordinaire de cette maison.

Je m'arrêtai sur le seuil, paralysé, étonné, absolument ébahi : une femme et un cheval d'arçons occupaient toute la pièce.

Le cheval d'arçons était énorme, omniprésent, brillant et lisse comme un objet d'art. On ne voyait que lui avec les deux arçons nickelés plantés au milieu de l'échine. Je vis la femme aussi en même temps : Aurore du Plessis. Elle était debout à l'envers, les pieds au plafond puis elle revint en équerre, ses mains agiles assurant son équilibre. C'étaient elles, les mains, que j'avais entendues, giflant la croupe factice, sautant par-dessus et s'agrippant au pommeau d'arçon. Bref, maniant le cheval inerte avec une maestria de longue date.

Elle tournait le dos à la porte, tout de blanc vêtue, c'est-à-dire d'un pantalon au pli impeccable qui la moulait étroitement et d'une vareuse collante sur la poitrine pour ne pas gêner les mouvements. Les épaules moulantes aussi. Des épaules solides tout en muscles. Le galbe de l'ensemble était parfait, ses mains virevoltaient comme celles d'un pianiste sur leur clavier de bois.

J'étais bouche bée, admiratif des formes qu'elle faisait valoir dans ses évolutions. Elle s'appliquait, quelque rosée de sueur perlait au-dessus de ses lèvres.

Par quel subterfuge cette statue vivante avait-elle pu m'apparaître mince sous ses oripeaux de veuve éplorée et comment ses voiles avaient-ils pu l'estomper ? L'art du couturier avait été de nous rendre une femme profondément blessée, ayant perdu dix kilos alors que telle que je la voyais, aux prises avec son cheval d'arçons, elle aurait plutôt dû être un modèle pour Rubens? Quand elle virevoltait en équerre autour de ses mains agiles, les muscles saillants de ses bras et de ses cuisses se gonflaient, redoutables dans leur équilibre, toujours incertain.

Je m'étais préparé à un minutieux examen afin de pouvoir l'observer à loisir et dans cette optique, j'avais conçu de longues phrases pour meubler la conversation.

Je toussai discrètement et, simultanément, me découvris très bas devant elle.

— Madame!

Étonnée, elle revint à la station debout et me fit face. C'était une femme ordinaire, le front lisse comme un galet, le visage impénétrable à force d'être serein. C'était cela qui ressortait chez elle où tout était en ordre : la sérénité du devoir accompli, la bonne conscience irréprochable. J'essayai de discerner leur mystère à travers ses yeux froids et pourtant si expressifs.

J'ai toujours su faire l'imbécile et ne jamais trouver humiliant de me tenir à cette attitude. Je m'y exerçais depuis l'enfance et sans cesse me perfectionnais.

Ma sainte mère seule était capable de me percer à jour. Je l'entends encore : « Modeste! me disait-elle, cesse de faire l'imbécile! Tu vois bien qu'avec moi, ça ne prend pas! »

Ici, la situation était si fausse et pouvait devenir si promptement délicate qu'il me fallait me surpasser.

Je parcourus, courbé en deux et chapeau bas, la distance qui me séparait de l'apparition. Ainsi incliné, elle pouvait voir jusqu'à la tonsure qui donnait confiance. J'étais patelin à souhait pour l'apprivoiser.

— Madame, dis-je, pardonnez mon intrusion inopinée. J'aurais dû me présenter à vous l'autre jour au cimetière de La Roque, mais vous étiez si bouleversée que je n'ai pas osé...

— Vous assistiez à l'enterrement? dit-elle alarmée.

— Oh, assister est un bien grand mot! Je visitais tout au plus cette curieuse nécropole et je suis tombé... excusez-moi! J'ai rencontré le convoi mortuaire.

— Vous m'avez vue? dit-elle, soudain attentive.

— Aperçue tout au plus. Vous étiez si absente!

Elle se redressa fièrement.

— J'étais avec mon mort!

Elle avait une voix de théâtre projetée en avant, comme si elle déclamait.

— J'adorais mon mari, moi, monsieur! Mais qui êtes-vous?

— Oh, un fonctionnaire de police! Je m'appelle Laviolette.

Elle se redressa d'un pied.

— Mais qu'est-ce que la police a à faire chez moi?

Mon chapeau me servit à élargir mon geste et à le rendre aussi routinier que possible :

— Vous savez comme les héritiers sont avides et malveillants et le monde est une étrange chose... Bref, on vous accuse de captation d'héritage.

J'entendis un bruit alarmant. C'était mon Aurore aux doigts de rose qui venait de se laisser choir dans un vaste fauteuil en toile, style metteur en scène d'Hollywood.

— La police ! dit-elle méprisante.

Elle quitta son fauteuil, comme outragée. Elle répéta :

— La police !

Je tâchai d'atténuer la chose :

— Oh ! Je sers de bouche-trou. On m'a dépêché chez vous parce que je suis à six mois de la retraite !

Un an m'avait paru trop long pour la rassurer.

— Vous permettez que je souffle ? dit-elle. Cet exercice au cheval d'arçons est le plus harassant que je connaisse ! Oui, vous comprenez, j'ai besoin après ce coup dur de m'entretenir pour être présentable. À cause de mes enfants, je n'ai pas le droit de flancher ! Les pauvres chéris, la vie est déjà assez dure pour eux. Ils m'entourent beaucoup. Heureusement que je les ai ! Surtout après mon deuil ! Si vous saviez, monsieur, comme il me gâtait, comme il était aux petits soins pour moi ! Après les malheurs que j'avais endurés, j'étais comme une fleur dans un vase !

Elle tira discrètement un petit mouchoir de dentelle d'entre ses seins pour sécher un pleur au coin de ses yeux embués. Elle me parlait en confidence comme à un ami très cher qu'elle eût quitté la veille. Elle traversait devant moi l'espace comme s'il se fût agi d'une scène de théâtre, le geste ample et la parole tragique. Je hochai la tête, compatissant.

Entre-temps, elle m'avait désigné un siège semblable au sien et où je m'étais assis sur la pointe des fesses.

Elle me brossait du défunt un tableau idyllique et moi, je m'imaginais ce propriétaire terrien de cinquante hectares de pommes Princesse du côté de Ribiers, mort récemment et qu'elle avait circonvenu en quinze jours jusqu'à se faire épouser, et j'admirais cette opulente quadragénaire aux prises avec un valétudinaire dont on devait à tout bout de champ ménager le cœur, bien qu'il portât toujours beau de sa personne et qu'il fût encore capable d'être fringant par secousses. Je me figurais la future veuve s'évertuant, par ses cris et ses gémissements, à mimer un long orgasme, lequel devait avoir considérablement adouci les derniers instants du mourant. J'ai l'esprit d'observation fort vif et tandis qu'elle entrecoupait son récit de suffocants soupirs, j'observais son pied menu qui balançait nonchalamment ses chaussons de ballerine battant la cadence. Je m'écartai d'elle avec précaution pour ne pas frôler sa jambe par inadvertance, ce qui aurait risqué d'interrompre son monologue.

Mais non, elle était lancée dans un panégyrique du défunt qu'elle améliorait de seconde en seconde. Je m'étais préparé à un long examen afin de pouvoir l'observer à loisir. Aussi, je l'interrompais fréquemment par des interrogations anodines du type : « A-t-il souffert longtemps ? » ou : « Est-il mort brutalement ? » auxquelles elle répondait posément. Sauf lorsque, ayant épuisé les banalités, je lui demandai abruptement :

— Mais de quoi est-il mort au juste ?

Alors, je la vis devenir vermeille, baisser la tête, se tortiller pendant une minute avant de me répondre :

— Oserais-je vous le dire, monsieur ? Puisque vous paraissez y prendre quelque intérêt...

— Oh non, madame ! Je ne voudrais pas éveiller en vous des souvenirs trop pénibles ! Non, non ! Je vous en prie ! Nous ne sommes pas familiers ! Je vous connais à peine ! J'ai simplement compassion d'une pauvre femme tant affligée ! Croyez-moi, madame, je ne cherche pas à évoquer un souvenir qui vous soit trop pénible à supporter ! Non, non ! Je vous en prie, ma question était de pure forme !

Faut-il que mon mépris envers la nature humaine soit grand, y compris en ce qui me concerne, pour que j'use de procédés si lamentables, sachant pourtant que tout le monde, sans exception, ne fera qu'y trouver l'occasion d'une confiance coupable en l'odieux personnage qui leur tend un piège.

Nul ne résiste à l'effrayant besoin de révéler le fond de son cœur à un indifférent. Cette pauvre femme me voyait pour la première fois, je n'étais ni reluisant ni particulièrement sympathique, mais j'étais l'inconnu, celui qu'on ne rencontrera jamais une seconde fois.

Elle était seule. La nuit dernière et ce matin, elle venait de procéder à un décrassage matinal au cheval d'arçons qui devait être de routine et en même temps elle éprouvait l'envie irrésistible de partager un coin de son secret avec qui voulait bien l'entendre. Et justement, je ne voulais pas l'entendre !

Du moins fis-je semblant de m'y efforcer, jusqu'à me boucher comiquement les oreilles, jusqu'à me lever de mon siège et à tourner le dos à mon interlocutrice, jusqu'à faire le simulacre de m'en aller.

Et toutes ces simagrées à l'encontre d'une pauvre femme qui ne m'avait manqué en rien, qui me jugeait sur ma mine de brave homme. Comment la honte peut ne pas vous foudroyer dans ces moments-là ?

Mais rien n'est plus obstiné, contre toute logique, contre toute bonté, inconscient comme un chien de chasse, qu'un homme qui traque la vérité. Avez-vous vu un lévrier courant l'hallali après un misérable gibier mourant qui cherche à sauver sa peau ? C'est ça que j'étais. Surtout qu'on ne me pardonne pas !

— Tu vieillis, mon pauvre Modeste ! prononçai-je entre mes dents.

— Non, non ! Je vous en supplie ! Ne vous en allez pas !

C'était elle alors qui faisait mine de se lever pour me barrer le passage. La transpiration suintait aux commissures de ses lèvres. C'était une imperceptible rosée que révélait sa peau de blonde bien en chair et qui dessinait même un soupçon de moustache.

J'étais sur le point, haletant presque et sentant l'hallali, de lui poser cette question qui me brûlait les lèvres : « Et comment avez-vous fait pour l'achever ? »

Alors sa voix me parvint, claire, reposée, sans tremblement ni désarroi.

— Vous avez raison, monsieur ! Il y a des choses qu'il vaut mieux garder pour soi ! Venez donc voir ma fille dans ses exercices ! Quelle légèreté ! Quelle plaisir de vivre ! Elle fait corps avec son cheval. Une véritable amazone !

C'était moi qui étais quinaud. C'était moi, alléché par quelque révélation capitale, qui me retrouvais langue pendante, harassé, comme un chien de chasse qui rentre bredouille, grelot pendant et cherchant encore, en désespoir de cause, le gibier qui lui a échappé.

« Je baisse ! » me dis-je et, aussitôt, je m'emplafonnai dans le précieux distique de La Fontaine (décidément j'étais incorrigible).

Il lui fallut à jeun retourner au logis,
Serrant la queue et portant bas l'oreille !

Je me voyais déjà devant Chabrand lui rapportant la chose sensationnelle : « Elle m'a avoué que... » Ce serait pour une autre fois.

Maintenant qu'elle fuyait devant moi en appelant à tue-tête :

— Anne-Marie ! Anne-Marie !
et qu'elle me devançait de quinze pas, diffusant son *odore di femina,* je me disais que *le pauvre mesquin,* en mourant sous les caresses de cette fée, avait eu une bien belle mort.

La blonde que j'avais vue à l'enterrement m'apparut soudain au détour d'une allée. Elle était à cheval, la bombe en tête et fièrement dardée debout sur ses étriers. Un obstacle de course se présenta devant elle qu'elle franchit avec élégance penchée en avant, la tête dans le prolongement du corps sur l'encolure. Sans tourner la tête, elle répondit par un geste à l'appel de sa mère.

Celle-ci hocha la tête vers elle. Un sourire énamouré éclaircit ses traits :

— Que voulez-vous, dit-elle. Elle n'aime que son cheval !

La bête était superbe en effet et il y avait de quoi l'admirer. La souplesse et le silence, et de la fille et de la bête, cet enlèvement de huit cents kilos audessus de la barrière, sans soupir ni effort et comme par magie, étaient proprement irréels.

— Que voulez-vous, soupira Aurore, quand on

est mère, on est comme le pélican de la fable : rien n'est trop beau pour ses enfants. Aucun sacrifice n'est trop grand. Et vous savez, moi, je suis mère avant tout !

— Justement ! À ce sujet, ils vous le rendent bien. J'ai pu admirer la façon dont ils vous soutenaient l'autre jour, en cette pénible circonstance.

Elle acquiesça avec un soupir. Je repris :

— En fait, la raison pour laquelle je désirais vous rencontrer, c'est... c'est une futilité ! La tombe de votre premier mari à La Roque-en-Champsaur...

— Non, pas mon premier ! Mon deuxième ! Le premier, pschitt ! Je ne sais même plus où il est enterré. Et d'ailleurs, je ne m'en soucie guère ! Le premier, il ne m'a laissé qu'un seul souvenir : ces deux beaux enfants qui me soutiennent. Le deuxième, oui ! Le deuxième, ça a été mon histoire d'amour ! Nous avons vécu un rêve. Il était poète et antiquaire. Son père était agent de change. C'est avec lui qu'Anne-Marie a pris sa passion du cheval ! À sept ans, dit-elle avec orgueil, elle montait un poney des Shetland !

En l'écoutant, je reconstituais la vie de ce couple à partir du monologue de cette souriante mère que ses veuvages n'avaient atteinte ni dans sa beauté ni dans son souvenir. Celui qui là-haut à La Roque avait été doté d'un si beau tombeau avec vue imprenable sur l'Obiou et sur la vallée du Drac, il avait bien eu une vie antérieure puisqu'il lui restait des neveux assez intéressés pour attaquer cette veuve irréprochable.

— Vous avez été, madame, très éprouvée par ces deux veuvages si rapprochés. Ça a dû être très dur.

— Oui, très dur !

Elle était capable en dix secondes de se vieillir de dix ans. Au rappel des malheurs que je venais d'évoquer, elle perdit quelques millimètres de sa taille altière et elle trouva le moyen de plonger sa petite main entre ses seins, à la recherche d'un mouchoir qu'elle porta à ses yeux d'un geste furtif.

— Très dur ! répéta-t-elle. Heureusement, mes enfants étaient là pour m'assister !

Je me recueillis quelques minutes sans parler tandis que nous revenions vers le bout du couloir.

C'est alors que je me résignai à lui avouer la vraie raison qui m'avait poussé à vouloir la connaître.

— Justement, à ce propos, madame, c'est surtout pour cela que je voulais vous voir... C'était pour vous parler de l'épitaphe gravée sur la tombe de votre... deuxième mari.

J'avais maintenant presque honte de parler d'une chose de si peu d'importance (une épitaphe !) devant cette femme si éprouvée et qui aimait tant ses enfants. Et surtout, il y avait un tel abîme, entre l'homme qui avait recommandé l'épitaphe et cette veuve qui pratiquait la discipline du cheval d'arçons.

— Mais quelle épitaphe ?

— *Fermé, sacré, plein d'un feu sans matière, fragment terrestre offert à la lumière.* On a gravé « manière » au lieu de « matière ».

J'avais récité ça tout piteux.

— Ah vous croyez ? dit la dame légèrement.

— J'en suis certain.

— Oh vous savez, « matière », « manière », je ne me suis pas fort arrêtée sur le mot. J'avais un tel chagrin !

Elle reprit sur un ton plus aigre :

— Néanmoins, il faudra que je demande un dédommagement aux pompes funèbres ! Une épitaphe, c'est sacré !

Une mélancolique pensée me traversait, néanmoins tempérée de dérision, concernant l'inconséquence de la nature humaine qui avait permis que cet homme ait pu être à la fois celui qui avait fait graver ces vers sur sa tombe et le jouisseur amant de cette femme qui pratiquait le cheval d'arçons.

Je songeai à ma gardeuse de chèvres, laquelle en avait tout de suite été imprégnée au point de me demander de les lui copier.

La dame se tourna brusquement vers moi.

— Vous avez parlé à mon fils ? dit-elle.

On sentait qu'elle mettait une majuscule à fils.

— Je lui ai simplement demandé où je pouvais vous trouver.

— Venez, je vais vous le présenter. Fabrice ! cria-t-elle.

Un grognement lui répondit. Le beau jeune homme était en train de sortir de l'imprimante une longue liste dont on comprenait sans même l'avoir lue qu'elle était défavorable. Il l'extrayait nerveusement, de mauvais poil, la mine allongée.

Je n'avais jamais vu un visage exprimant moins de choses que celui-ci. Il était irrémédiablement vierge de toute expression. Les yeux eux-mêmes, grands ouverts et superbes et vous regardant droit, étaient simplement aux aguets. Ils jugeaient brièvement que vous ne pouviez lui être d'aucune utilité en fonction de son problème particulier.

Il me tendit une main molle qu'il me retira prestement. Nos deux regards fuirent en même temps sans vergogne. Apparemment, nous ne nous intéressions pas l'un l'autre.

— Ça baisse toujours ! laissa-t-il tomber déçu.

Alors, j'assistai au spectacle poignant d'une mère consolant son fils d'une chute dont il aurait été victime.

Cet homme était perdu de Bourse comme d'autres le sont d'alcool. Et voyant sa mère effaçant par son amour les déboires qu'il s'attirait, je pensais irrésistiblement à Prévert : *À ceux qui pensent qu'assurément, voilà bien là la douleur d'une mère qui vient de perdre son enfant.* »

Cet homme était absent du monde pour cause d'hypertrophie informatique. Il était fasciné par le bonneteau boursier. Il cherchait la combine gagnante comme les alchimistes poursuivaient la pierre philosophale. La passion de la fille pour son cheval n'était rien comparée à l'amour du fils pour l'illusion. La vaste corbeille à papier pleine à ras bord de repentirs à caractère de fortune perdue en témoignait.

Je quittai cette vallée de larmes où une mère se penchait sur son enfant en mater dolorosa.

Au loin, j'entendais galoper le pur-sang de la fille que j'avais à peine entrevue mais dont je devinais l'application stérile à sauter quelque obstacle le plus élégamment possible. Tout cela, la fille et le fils, n'était guère productif et l'on comprenait qu'une mère attentive dût, pour assurer leur standing, multiplier les veuvages. Restait à prouver comment elle s'y prenait.

6.

Je rentrai chez moi assombri par la tristesse de ces vies inutiles à tous, y compris à soi-même. Instinctivement et sans y songer, je fouillai dans ma valise pas encore vidée (une valise de pauvre homme, usée aux quatre coins). De l'œuvre du cher Marcel qui ne me quittait jamais, je tirai les volumes de la Pléiade, eux aussi bien fatigués. J'avais besoin de ce grouillement de familles et individus que je n'avais jamais fréquentés dans la réalité et dont m'étaient si éloignées les préoccupations et les passions.

Depuis que je ne pouvais plus lire que par bribes et surtout à ne plus comprendre la musique de ce que je lisais, j'emportais, comme un chrétien son bréviaire, mes livres favoris (c'était lourd) au fil de mes déplacements. Parfois j'essayais de passer outre, de me retrouver dans la situation d'un homme qui lit couramment. C'était en vain. Les papillons folâtres qui me tenaient lieu de vue étaient aussi obstinés que moi à me faire obstacle.

Les docteurs m'avaient prévenu :

— Ça ne vous reviendra jamais !

Ils me confirmaient tous ça avec une sombre

satisfaction. Apparemment, ça les désobligeait de se confronter à quelqu'un qui déplorait de ne pouvoir lire alors qu'eux-mêmes n'en éprouvaient aucun besoin.

Le bureau du commissariat sentait encore la vieille pipe de mon prédécesseur. Mon personnel s'était rassuré sur mon compte dès l'abord. Ils m'avaient pris pour un bon gros pas méchant. Ils ne connaissaient pas mon passé ni surtout ma tentative de suicide.

— Ne le titillons pas ! se disaient-ils entre eux, et il nous foutra la paix !

J'étais aidé en cela par la relative tranquillité du pays où la sirène des alertes ne retentissait pas souvent.

Ce soir-là, je me souviens, c'était un soir, je pris avec moi la *Recherche* comme un dévot lit l'Histoire sainte chaque soir pour s'endormir.

Longtemps, je me suis couché de bonne heure. Hélas, Proust, ce n'est pas la musique de Mozart. On ne le retient pas d'un bout à l'autre sans une note qui vous manque. Il vous faut le gagner. Ce n'est pas non plus comme Valéry où tout est emboîté pour s'aligner dans le souvenir.

Cette phrase et les suivantes avaient depuis ma jeunesse accompagné mes insomnies. Toutes mes interrogations sur la vie, tous mes déboires amoureux étaient venus s'enliser dans ce mol oreiller. Cette idée m'enchantait que pendant de longs mois, voire des années, j'allais pouvoir me repaître de ces longues phrases à ricochets qui traquaient l'expression juste, qui balbutiaient, qui s'obstinaient patiemment à m'enseigner ce que c'était, dans l'univers, que la recherche du temps perdu.

Je voyais tomber les êtres dans la maladie, dans la décomposition : l'érudit Charles Swann, Charlus l'hypocrite, le grand seigneur, s'obstinant à s'affirmer, à tenter de se faire aimer alors que son aspect physique, à peine esquissé par Proust, et dont Charlus était si fier, d'autres le trouvaient de plus en plus repoussant ; et derrière ces êtres démesurés dans leurs dimensions, ceux qui n'étaient humblement qu'eux-mêmes sans essayer de se changer ni de se grandir : Tante Léonie, à l'univers réduit de sa fenêtre, univers immense dont Françoise et elle ne se lassaient pas d'augmenter les dimensions ; Legrandin qui soignait le mystère de son personnage par force autre secret ; et cette chère Mme de Stermaria et surtout la femme de chambre de Mme Putbus en leitmotiv. Jamais je n'ai eu autant envie d'une femme que de ce personnage fantomatique dont ne passe que l'ombre.

J'avais effeuillé cent fois ce grouillement de familles, comme un album jauni dont on soulève les pages avec précaution.

Or, la vie qui le faisait frémir, il m'était interdit de la pénétrer désormais à cause de ma vue défectueuse. L'œuvre m'apparaissait comme une partition de Mozart dont on aurait fait un palimpseste. Il me faut bien détailler minutieusement mon état d'esprit d'alors pour expliquer ce qu'il advint par la suite.

C'est dans l'état d'âme que je viens de décrire que ce soir-là, dans mon minable appartement de fonction, je me cramponnais à ce livre, ce simple livre ouvert devant moi et dont la suite des péripéties m'était interdit désormais.

Mon désespoir machinal m'avait été révélé au

sortir de la clinique. Il était ancré en moi si profondément qu'il me fallut ce soir-là plus d'une heure de lecture pour m'apercevoir que la pensée de Proust m'était aussi limpide qu'autrefois, avant mon suicide manqué, et qu'aucune mesure ne m'en échappait. Stupide et désarçonné, je relus trois fois le même paragraphe. Je me le relus lentement, j'avançai plus avant dans la lecture, sans aucun raté, percevant chaque mot; plus avant dans le dédale minutieux des paragraphes, des redites, des regrets, des périodes dont la fin était laissée à vau-l'eau ou que trop de précisions indiquées faisaient se perdre en route.

Le clocher de Gap sonna trois coups en sourdine, avec la réplique, discrètement, comme pour assurer aux gens qu'on ne voulait point les réveiller mais seulement les avertir.

L'insolite, par rapport à la vie courante, est constamment imprimé dans l'homme, comme un pain est posé sur la table (peu importe qui l'a apporté, peu importe qu'on l'ait apporté) ; c'est là, c'est un fait dont peut nous chaut.

Je mis à prendre conscience du phénomène étrange qui m'atteignait, le temps de relire encore et encore les paragraphes qui m'offraient leur clarté aveuglante. Je me répétais le verdict des médecins sous diverses formes : « Vous savez, vous en souffrirez toute votre vie. Mais après tout, ne pas pouvoir lire est un moindre mal alors que sans nous, vous seriez dans la tombe. »

La révélation me frappa alors que je cherchais ce qui avait bien pu m'arriver de nouveau depuis la dernière fois où je m'étais en vain essayé à déchiffrer correctement.

Je repassai toute ma vie au ralenti.

Je ne vis d'abord aucune raison pour que les choses aient bougé pour moi. Ah si ! Je m'attardai délicieusement sur la bonne fortune inattendue dont la vie m'avait fait présent.

Les yeux fermés, respirant le souvenir de cette Jolaine dont le prénom évoquait la prairie, il me revint à l'esprit les mots qu'elle avait prononcés en riant : « Si ça ne vous fait pas de bien, ça ne peut pas vous faire de mal ! » La fontaine ! La fontaine ! La fontaine où je m'étais prosterné pour l'atteindre et me laver abondamment la figure ; la fontaine dont Jolaine m'avait dit : « Autrefois, les gens venaient ici boire à cette source, c'était la fontaine Saint-Clair, un saint qui rendait la vue à ceux qui l'avaient perdue. »

Le miracle se présentait sous les espèces d'une statue de plâtre saint-sulpicienne comme on en voit dans toutes les églises et d'une fontaine résurgente, le tout parfaitement trivial dans sa banalité.

Évidemment, je m'étais prosterné ! Mais c'est que l'eau jaillissait trop bas pour être atteinte debout ! Je me rassurai comme je pus et à voix haute :

— Ne t'emballe pas ! Pour l'instant, ça a l'air d'un miracle mais dans cent ans d'ici, à l'aide de quelque équation, la science expliquera cela aussi simplement qu'elle l'aura fait pour la naissance de l'univers !

En attendant, je pouvais lire Proust alors qu'auparavant le moindre petit texte restait mystérieux pour mes sens perturbés.

J'avoue que la tentation de dégringoler sur ma descente de lit et de m'y abîmer à genoux me traversa comme un éclair et que seule la peur du ridicule m'en empêcha.

J'étais donc redevable à une providence qui, paraît-il, veille sur les hommes de la naissance à la tombe. C'était incroyable mais je devais remercier. Mais remercier qui ? Le bienfait avait été silencieux, improbable, il n'était accompagné d'aucune manifestation surnaturelle. Je ne l'avais pas sollicité, il ne réclamait pas de dîme. L'Église ? Un saint quelconque tombé en désuétude sinon disgracié. Un saint qui s'appelait Clair et qui rendait la vue aux aveugles. Un saint démodé ? Qui aurait eu l'idée d'appeler son fils Clair ?

Pour l'instant, ça avait l'air d'une niche faite à mon âme de franc-maçon. Une peau de banane glissée sous mes pieds de mécréant : « Alors ? Qu'est-ce que tu en dis, de celle-là ? »

Je conclus philosophiquement que faute d'y croire, je devais accepter l'exception comme si elle m'était due, comme si elle accompagnait le bonheur que j'avais connu avec Jolaine ce jour-là.

Le lendemain de cette bonne fortune, je courus à Aix chez Mme P..., mon ophtalmo que je n'avais plus consultée depuis un certain temps. Je pris prétexte de lunettes perdues. Je me trouvai en face d'elle front à front. Elle examina le fond de mes yeux. Elle s'exclama :

— Mais vous avez une vue de jeune homme !

Elle paraissait médusée. Elle courut farfouiller dans ses fiches. Elle me parlait en même temps :

— Mais il me semble que vous étiez atteint d'une affection irréversible de la vue, gênante et irréversible, vous vous souvenez ? Suite à votre accident !

Qu'est-ce que vous avez fait? Qu'est-ce qui vous est arrivé?

Je faillis lui répondre :

«J'ai été victime d'un miracle» mais je me mordis la langue.

D'abord, elle m'aurait ri au nez.

Elle me repassa avec minutie et sa compétence habituelle dans la sorte de trépied à deux faces qui met les visages, le praticien et le malade à dix centimètres l'un de l'autre, genou contre genou.

Une grande perplexité et une incrédulité absolue accompagnaient ses vérifications. Apparemment, elle doutait d'abord de moi et ensuite de ses profs quand, autrefois, ils martelaient mettez-vous bien ça dans la tête et ensuite que sans eux point de salut! Quand ils avaient minutieusement recherché et trouvé les causes du mal et que le fruit de leurs recherches devenait parole d'évangile et qu'il n'y avait pas à y revenir.

J'aurais dû lui dire depuis quand j'y voyais et surtout que je m'en étais aperçu en une heure de temps!

Elle me regarda, à la fin soupçonneuse.

— Enfin, vous vous souvenez bien de ce que je vous ai dit : c'est écrit là, sur la fiche : affection irréversible, probablement liée à la dégénérescence de la vue, mais en moins grave, mais irréversible. Irréversible, vous entendez! Ça veut dire que c'est inguérissable! Ça veut dire que vous traînerez ça toute votre vie!

Je baissai pudiquement cette vue qu'elle accusait d'être trop normale. Je balbutiai :

— Et pourtant, j'y vois bien!

J'avais le regard fuyant d'un gamin pris sur le fait, la main dans le pot de confiture.

J'y voyais assez pour me rendre compte qu'en dix ans, elle n'avait pas changé. Elle était toujours flexible comme un roseau. Elle avait toujours cette touche de mystère (un amour? un mari?) sans laquelle une femme n'éveille pas l'intérêt. Mme P... éveillait l'intérêt.

Et elle attirait si irrésistiblement la confiance que je faillis bien lui cracher la vérité en pleine figure. Heureusement, je me souvins des sorciers d'autrefois et de ce qui leur arrivait quand, parfois, ils se heurtaient à un miracle. Aujourd'hui, on n'en était plus là mais un internement dans une polyclinique psychiatrique n'était jamais exclu.

Sur le point de la quitter avec un compliment, elle me retint encore une fois, me fit me rasseoir, s'assit devant moi à genou touchant. Elle me tint sous son regard invisible, trois minutes durant, sa fiche à la main, qu'elle lisait comme un bréviaire.

Sur le pas de la porte enfin, et me tendant la main, elle me regarda avec une sorte d'extase, comme celui que j'étais devenu pour elle : un miraculé.

Je revins à Gap mais sans m'y arrêter. De toute la vitesse dont ma deuche était capable, je franchis le col Bayard. Je fonçais vers le Champsaur et son village de La Roque. Ou plutôt, je fonçais vers le cimetière et la fontaine miraculeuse. Je voulais être en tête à tête le plus vite possible avec mon miracle et l'interroger en sa pérenne solitude. J'avais oublié Jolaine. J'avais même oublié les tombes pleines de mystère et si peu chrétiennes qui m'avaient tant fait songer tout un jour. La fontaine était toujours aussi peu évocatrice, je dirais même aussi peu poétique, mais ce seul soir contenait toute la poésie du monde, et si je ne comprenais pas encore le motif réel qui poussait tant d'hommes riches et égoïstes à se faire enterrer ici, la vue du Drac dans la vallée et de l'Obiou là-bas en face et les torrents scintillant au fond de leurs lits qui imposaient comme une main sur tout le Champsaur m'enseignaient une modestie sur mes talents qui m'invitait au secret. Je n'étais déjà pas très prolixe – la vie m'avait du moins permis de comprendre cette nécessité car le silence contient tout.

Je venais juste de prendre le chemin de feuilles qui conduisait à la bonne fontaine de mon miracle lorsque j'entendis un bruit de moteur en sourdine et les crissements discrets de pneus sur le gravier du terre-plein. C'était la première fois depuis que je l'avais découvert qu'un visiteur solitaire venait ici se recueillir.

Je dis « se recueillir » car me dissimulant derrière une tombe (et qui sait à quel mobile j'obéissais ?), je vis un homme sombre quoique élégant descendre de sa voiture noire, ouvrir le coffre et en tirer une couronne volumineuse qu'il souleva comme un bouclier devant son visage, ce qui me poussa, en bon policier, à croire qu'il se dissimulait. Il était en tenue de gala, tout de noir vêtu et offrait toute l'allure d'un homme qui veut passer inaperçu. Il gravit la pente en louvoyant entre les tombes. Quelquefois, il disparaissait derrière sa couronne de perles, de sorte que l'objet funéraire paraissait se déplacer tout seul vers sa destination.

En avançant sur la pointe des pieds pour éviter de faire crisser le gravier et en marchant à distance derrière l'inconnu, je ne voyais de lui que son col blanc et ses cheveux strictement disciplinés. Il fit halte devant la tombe pas encore sommée de sa dalle de marbre et déposa sa couronne sur le tertre pas encore arasé.

Je le vis sortir de sa poche un semainier défraîchi qu'il se mit à égrener en s'abîmant dans la prière. Je ne le voyais toujours pas. Pour l'observer de face, il eût fallu que je me dévoile à mon tour.

La méditation dura longtemps. Je me demandai même s'il était immobile ou s'il était mort. Il se retourna enfin, refermant son livre saint d'un coup sec et méthodique. Je vis au loin, à l'abri du monument funéraire où je le guettais, un homme ordinaire, impassible. Il se détourna sans regret et rejoignit sa voiture sans se retourner.

Cette fosse récemment ouverte et pas encore refermée voisinait avec une autre toute neuve, celle-là, somptueusement close sous du marbre veiné de noir, laquelle portait l'inscription à faute d'orthographe.

Je me précipitai vers la tombe qu'il venait d'honorer. La couronne qu'il y avait déposée portait cette inscription en lettres d'aluminium :

À notre frère bien-aimé

C'était un envoi ambigu comme j'en avais vu à quelques enterrements francs-maçons auxquels il m'avait été donné d'assister. La couronne se fondait dans le monceau de fleurs et d'articles funéraires : *à mon mari chéri, à notre beau-père regretté.* On avait écarté toute cette ferblanterie pour laisser la place, sur un coussin de pourpre, à une croix de la

Légion d'honneur qui devait faire actuellement une bien belle jambe de bois à son récipiendaire.

Je jetai un long regard sur ce bataillon de regrets éternels gravés dans le marbre par des survivants peut-être eux-mêmes déjà l'objet de ce lamento monotone et toujours recommencé. Je me dis encore que ces défunts avaient bien de la chance de passer leur mort devant cette splendide manifestation de la vie que constituaient cette vallée et ses montagnes.

Puis je repris ma route, à la recherche de mon propre mystère. Je m'obstinais à inventer une explication rationnelle à ce prétendu miracle dont j'avais été l'innocente victime. Je découvris que la source avait un robinet dissimulé dans l'herbe et qu'on pouvait à volonté en varier le débit. Je l'ouvris en grand et la laissai ainsi jaillir pendant plusieurs minutes jusqu'à atteindre les genoux du saint bienveillant, me demandant, d'une manière absurde, de combien de miracles je privais le pauvre monde de ces bienfaits qui se gaspillaient ainsi au ruisseau.

Me retirant à petits pas de ce lieu après l'avoir bien sollicité sur son secret mais en vain, je repris ma voiture tout songeur et mal à l'aise, me laissai aller à petite vitesse sur la pente qui conduisait au centre du village.

La deuche de Jolaine était arrêtée au début du chemin de terre qui conduisait à la masure où je l'avais rencontrée. Mon premier mouvement fut de courir à sa rencontre, car je la voyais fouiner dans le tas d'oripeaux extraits par les gendarmes hors de la cabane. Peut-être espérais-je la trouver dans les mêmes dispositions que lors de notre première entrevue. Peut-être, sans doute, je ne sais pas.

Mais mon second mouvement fut de m'abstenir,

pressentant qu'elle n'aimerait pas qu'on la surprît à rechercher la preuve de cette tontine qui semblait tant l'intriguer.

Je décidai de passer inaperçu. Je mis au point mort pour ne pas signaler ma présence et je descendis la pente à petite vitesse et sur le frein.

Quand je débouchai sur la place de la fontaine, le tonneau trempait toujours et sur l'autre place la devanture de l'épicerie était toujours aussi rébarbative. Il était toujours aussi malaisé d'y pénétrer.

C'était le soir. Clorinde avait vendu tout le pain et l'odeur seule en demeurait qui contenait la personne du boulanger en son arôme.

Je m'y risquai cependant, fort de mon expérience précédente.

Je l'imaginai vieux, un peu perclus, vestige d'une race qui n'avait été supplantée par aucune autre.

J'entrai en faisant tintinnabuler le carillon et bruyamment j'annonçai :

— Bonsoir, c'est encore moi !

Clorinde était en devoir de tricoter, à l'aide de quatre aiguilles et de deux autres fichées dans ses cheveux, une de ces merveilles d'autrefois qui servaient de truchement aux femmes pour les empêcher de tuer leur mari. Décrire ce travail prendrait le temps d'un livre. Le fil employé était mince, noir, les bas qu'on en tirait faisaient passer le temps. La chose se faisait à trois ou quatre, j'aimais moins le bruit presque inaudible qui accompagnait cette tâche, racontait l'histoire du monde, notre histoire.

Clorinde, me regarda calmement par-dessus ses lunettes mais de haut en bas d'un air à vous couper au couteau.

— Je vous ai déjà vu ? dit-elle.

— L'autre soir ! Vous m'avez même vendu votre dernière miche de pain.

— Ah oui ! Vous en voulez une autre ? Mais il est trop tard ! Y en a plus.

Je lui fis l'éloge de son pain pendant cinq minutes et j'y mis tant de feu qu'elle comprit que j'étais sincère et elle commença à se dégeler.

— C'est celui qui vous l'apporte qui le fait ?

— Non ! Lui, il se contente de le distribuer ! C'est son père qui le boulange. Et alors, si vous le voyiez ! On dirait deux sous de poivre. Et tous les jours, il se pétrit ses soixante kilos de farine ! À bras ! Avec le pétrin. Et quand son fils lui a parlé d'en acheter un mécanique, vous savez ce qu'il lui a répondu ? « Si tu fais ça, je m'en vais et je rentre à l'hospice ! »

Elle était en devoir, en maugréant, d'enfiler dans le chas d'une aiguille un brin de fil qu'elle affinait entre ses lèvres minces.

— Le fil au chinois, dit-elle, maintenant il vaut plus rien. Heureusement que j'ai une provision qui me vient de ma mère.

Elle avait la soixantaine mal sonnée, je voyais ses chevilles derrière le comptoir. Tu en aurais fait le tour avec les doigts d'une seule main. Elle n'avait plus passé le seuil de son commerce depuis peut-être un an ou deux. Elle ne se mettait sûrement jamais au soleil. Mais elle connaissait toutes les histoires du pays, peut-être même les histoires du monde entier. C'était une de ces femmes d'ici qui n'en avait pas conscience mais qui serait morte si on l'avait expatriée à dix kilomètres de Chaillol-le-Vieux.

Elle tenait une de ces épiceries que les voyageurs des firmes d'aujourd'hui ne visitent plus depuis vingt ans. De celles qui renouvellent leur stock de vermicelles fins, d'eau des carmes du frère Mathias, de riz, de café, de sucre, de bouillon Kub et même de rouleaux de réglisse noir à peu près une fois par an.

Je me mis à fouiller parmi les rayons où s'empoussiéraient ces produits de première nécessité. Je saisis une pièce de savon d'un kilo qui devait avoir dix ans d'âge tant il était sec. Je m'exclamai :

— Vous avez encore ça? Mais c'est une antiquité!

— Voui, dit-elle. Qu'est-ce que vous croyez? Pour le pain, ça va mais pour le reste, elles sont à la moderne. Elles ont toutes des machines à laver! Elles achètent le mauvais savon en poudre, par dix kilos! Alors vous pensez, le vrai, elles risquent pas de s'abîmer les mains. Si ça vous intéresse, je peux vous faire une fleur.

J'en pris deux pièces d'un kilo, si bien qu'il n'en restait plus qu'une. Je ne savais trop ce que j'en ferais parce que moi aussi, depuis longtemps, je m'étais mis à la savonnette parfumée.

À partir de là, nous étions Clorinde et moi les meilleurs amis du monde.

Était-ce le moment de parler? On ne sait jamais avec les naturels bon teint. Frileux, ils peuvent se refermer comme des pièges à loup à la première alerte de parole. Et dieu sait s'ils sont subtils à la percevoir.

Soixante ans de séjour parmi les hommes de ma trempe m'avaient appris à ne jamais leur révéler mon premier mouvement.

Hésitant et laborieux, balbutiant et ouvrant à peine la bouche puis la refermant aussitôt, je posai lentement mes deux pièces de savon sur la balance Roberval dont tous les poids avaient disparu et qui ne servait plus que d'ornement.

— Prenez donc la troisième, me dit Clorinde. Qu'est-ce que vous voulez que j'en fasse ? Maintenant, elle est dépareillée !

Je lui obéis sans mot dire et allai prendre sur l'étagère le dernier morceau pour le poser à côté des deux autres.

— Et autrement, lui dis-je avec détachement, qu'est-ce que vous en pensez, vous, de ce crime ?

C'était encore trop tôt. Sans un mot, Clorinde se mit à considérer mes chaussures à clous avec ostentation.

— Quel crime ? dit-elle en laissant un grand espace entre les deux mots. Ah, vous voulez dire le père Télésphore ? Celui qui s'est étouffé tout seul contre son oreiller ? Vous appelez ça un crime ?

— Pourtant, les gendarmes...

Clorinde branla du chef.

— Qu'est-ce que vous voulez que je vous dise ? Un homme qui boit ses deux litres dans la journée (c'est pas moi qui les lui vend, nous on est fâchés depuis trente ans) – Là, elle marqua une pause, réfléchit, puis elle ajouta : Il m'avait manqué de respect ! – mais je sais qu'il les boit, il les apporte de Chauffayer. Alors, qu'est-ce que vous voulez que je vous dise ? Il peut très bien s'être enfoncé la tête dans l'oreiller (ici, ils sont en eider) et il était tellement saoul qu'il a oublié de respirer !

Cette version des faits m'avait tout l'air d'être l'opinion du village tout entier. L'affaire était classée.

Néanmoins Clorinde ajouta :

— Si vous tenez compte qu'avec ça, il avait quatre-vingt-un ans, je me demande où vous voyez un crime là-dedans !

Je compris qu'elle regrettait de m'avoir vendu au rabais les trois pièces de savon de Marseille.

Je me tus et continuai à parcourir les rangées de denrées à la recherche de l'objet rare. Je finis par découvrir deux Père la Colique dont l'argile accusait au moins cinquante ans. Je n'en avais plus vu depuis mon enfance. C'étaient deux figurines posées sur un vase de nuit, la barbe au vent et le bonnet en tête. Il suffisait, et je brûlais de les essayer, de leur bouter le feu au derrière à l'aide d'une bougie pour que s'échappe de leurs entrailles une interminable colique en spirale de sable.

Je ramenai ça aussi sur la balance Roberval. Clorinde s'exclama :

— Mon dieu, dit-elle. Vous les avez trouvés? C'est mon pauvre père qui les avait ramenés depuis la foire de Saint-Bonnet. On n'en a jamais vendu un seul ! J'en ai trois douzaines à la cave !

— Et ces paquets là-dessous? Dans du gros papier gris?

— C'est des cierges à veiller les morts. Ça aussi ! Y a vingt ans que j'en ai plus vendu un ! On dirait qu'ils sont tous devenus immortels ! C'est de la vraie cire d'abeille !

Sans me regarder, ayant abandonné sur le comptoir ses aiguilles à tricoter, en suçant le crayon, elle alignait tous les objets que je venais d'acquérir. Il devait y avoir longtemps qu'elle n'avait plus engrangé une telle recette. Et si je n'avais pas eu peur de me faire remarquer, j'aurais emporté le magasin.

J'avais avisé, hors de ma portée, parce que trop haut placé, sur l'étagère, un assortiment de bondieuseries, qui allait d'un ange bouffaréou, lequel soufflait, les joues roses gonflées, l'éternité par sa bouche vermeille, à un vase de porcelaine arborant un couple de mariés portant cette inscription : *À mon ange chéri, assassiné le soir de ses noces !* Non, vraiment, je ne pouvais pas tout emporter !

M'efforçant, sur la pointe des chaussures, d'atteindre ces vestiges, pour les identifier, je demandai avec effort à Clorinde et sans y attacher d'importance :

— Et autrement, le pauvre mesquin, comment vous a-t-il manqué de respect ?

J'avais tiré un billet de cinquante de mon portefeuille et je le chiffonnais maladroitement tout en rassemblant les objets épars, comme quelqu'un qui va se retirer sans attendre la monnaie.

— Et alors ? dit-elle courroucée. Envoyer la main au panier à une honnête femme, vous appelez pas ça manquer de respect ? Mon ami, je lui ai retourné une de ces gifles !

— Ah, sûr que !

Je me demandai s'il y avait eu un jour, si lointain soit-il, où un homme avait eu envie de manquer de respect à cet échalas.

— Y a trente ans de ça, dit-elle, nous nous sommes jamais plus parlé !

Il me sembla, mais je devais me tromper, qu'une nuance de regret perçait dans le ton de sa réponse.

Je n'étais pas encore entré dans le vif du sujet. J'y envoyai les pieds timidement.

— Je me suis laissé dire qu'il avait une femme...

Elle émit un son qui tenait du sifflement du serpent et du cri d'alarme de la marmotte.

— Sa femme ! Y a que le train qui lui est pas passé dessus. Elle le fait cocu chaque fois qu'elle peut ! C'est pas facile parce qu'ici, à part ces messieurs du cimetière, chaque fois qu'il en meurt un, y a pas grand monde qui passe.

Elle fit un grand silence. Moi aussi. Elle dit en me regardant en dessous.

— Vous devez en savoir quelque chose ?

Quelqu'une des dames au cabas qui tous les matins venaient prendre leur pain, devait m'avoir vu avec Jolaine et inventer le reste.

C'est dramatique que d'entendre médire d'une femme dont on est féru comme je commençais de l'être. Oh, bien sûr, je ne prétendais pas à l'exclusivité mais l'entendre comparer à un tapis roulant était quand même impressionnant.

— Ah celle-là ! reprit Clorinde, c'est une anarchiste. Elle a fait de la prison. Son père l'a destituée. Il a dit qu'il voulait plus en entendre parler. À quinze ans, c'était une brave petite mais c'était en 68, ça a tout pourri. Elle était en faculté : elle s'est laissé entraîner. Un jour, son père a appris qu'elle était à Paris, en prison, il a fallu qu'il aille la chercher.

— Et pourquoi on l'avait mise en prison ?

— Parce qu'elle avait pissé et craché sur les CRS !

Clorinde avait repris des couleurs, depuis qu'elle s'occupait activement de la vie de Jolaine.

— Mais, dit-elle soudain inspirée, qu'est-ce qu'elle peut chercher dans la cabane du Télésphore ? Elle y vient tous les jours.

— Et autrement ! dis-je en intercalant habilement ma question au milieu de sa perplexité, vous connaissez un monsieur bien mis qui vient au cimetière régulièrement ?

Je l'avais vu une fois et je n'étais pas sûr de l'y revoir jamais.

— Un maigre ? Avec un col de clergyman ?

Comment Clorinde pouvait-elle connaître la tenue d'un clergyman et surtout, comment pouvait-elle en prononcer le nom ?

— C'est le curé ?

Elle me regarda avec mépris.

— Vous n'avez pas remarqué qu'à La Roque, il n'y a pas d'église ?

— Je n'ai pas assez exploré le pays...

— Du temps de Lesdiguières, c'était nous, les catholiques, qui étions persécutés ! Vous êtes passé devant l'église, elle a été démolie pierre à pierre, ils ont mis cinq ans à la faire disparaître. Vous avez vu le tas de gravats devant la fontaine ? C'est elle, c'est l'église ! Nous devions écouter la messe en plein air. Aujourd'hui encore, si nous voulons célébrer Noël, il nous faut marcher dans la neige pendant cinq kilomètres jusqu'à La Fare ! Vous croyez que c'est brave ?

On aurait dit que quatre siècles auparavant, c'était elle la persécutée. Néanmoins, elle se leva pour la première fois et me fit signe de la suivre.

— Celui que vous avez vu, c'est maître Savouillan, le notaire. Il habite la plus belle maison du pays !

Nous avions franchi le seuil du magasin.

Esquivant habilement la barricade savante qui défendait la devanture, Clorinde déboucha sur le trottoir, le doigt tendu.

— Vous voyez cette maison à deux étages qui croule sous les géraniums ? Toute blanche ! Mais pourquoi vous voulez le voir, le notaire ? Vous savez, il faut prendre rendez-vous parce qu'il est presque à la retraite. Nous, pour la succession de notre pauvre oncle, nous avons dû attendre trois semaines !

Elle était toute bouillante de curiosité. J'avais les bras chargés de tous mes achats.

Clorinde me tendait un doigt péremptoire vers le début d'une rue avenante qui devait être la seule du pays. Au-delà, on ne voyait que prés, forêt et on n'entendait qu'eaux courantes. Il était trop tard pour rencontrer maître Savouillan.

Je devais le revoir plus tôt que je ne m'y attendais.

7.

Je commençais à me plaire à Gap. J'étais retourné au musée où je n'avais plus mis les pieds depuis peut-être trente ans. Je m'étais attendri, souvenir de jeunesse, sur cette petite toile représentant une jeune Italienne cueillant des coquelicots et qui s'appelait *La Poverella* sous laquelle se lisait la signature du peintre Reno. Elle se trouvait au pied d'un autre tableau bien plus ambitieux que cette modeste cueilleuse de fleurs. Je m'étais pris de sympathie pour cette immense croûte qui portait un nom mythologique en plusieurs épisodes. Ça s'appelait *Désolation aux océanides au pied du Rocher où Prométhée est enchaîné.*

Avec une délectation dont j'avais été longtemps privé, j'avais presque relu dans la nuit le premier tome de la *Recherche*, n'en perdant pas une miette et m'endormant dessus à la fin.

J'étais contraint de taire le miracle dont j'avais bénéficié et j'en étais fort marri.

Ce qui ne m'empêchait pas d'être ce matin-là frais et dispos et vermeil et prêt à toute éventualité. C'est donc dans ces dispositions d'esprit que je rencontrai le juge Chabrand l'air ennuyé. Il était attablé au soleil, à la terrasse du café Riche, aux prises avec un quart vichy qu'il venait de commander. Du plus loin qu'il m'aperçut, il m'apostropha.

— Vous m'avez l'air bien guilleret, me dit-il. Pour moi, je vous avoue que je m'ennuie comme un rat mort dans votre Gap, c'est encore pire que Digne ! Comment faites-vous ?

Je faillis lui répondre :

— J'ai été bénéficiaire d'un miracle.

Mais connaissant son esprit caustique, je m'abstins prudemment. D'ailleurs, il était tout occupé de lui-même et tint juste compte de ma personne. Fronçant le sourcil et l'air mauvais, il conclut :

— Il faut absolument que je m'inscrive à un cours de danse !

Je m'exclamai :

— Un cours de danse ! Vous ! Mais vous dansez à peu près comme un unijambiste !

— Justement ! Je veux apprendre ! Ah, à propos ! Ce matin, j'ai pris en main le dossier de cette plainte en subornation d'héritage. Il est désespérément vide. Les héritiers se font toujours des illusions. Ils croient qu'il leur suffit d'alerter la justice pour avoir gain de cause ! Ils croient toujours que le testateur ne peut que leur savoir gré d'avoir été ignoré d'eux, soit parce qu'il était trop autoritaire, soit parce qu'il était peu reluisant, soit parce qu'il sentait mauvais, soit parce qu'il attirait un peu trop vivement la petite dernière sur ses genoux cagneux ou pour toutes ces raisons à la fois. Bref ! J'ai décidé de classer sans suite.

Je marquai un silence après cette longue diatribe.

— Je ne sais pas, lui dis-je enfin, si vous avez tout à fait raison.

Il leva le doigt :

— Mort de mort naturelle ! Les deux légistes sont unanimes. Pas de trace de violence ! Pas d'élément suspect. L'émotion ayant entraîné l'arrêt cardiaque est due à un paroxysme de coït ! Il n'a jamais été interdit à personne de mourir de luxure ! Les deux impétrants avaient trop présumé de leurs forces et de leur âge. Je clos ! Et c'est la mort dans l'âme ! Parce que ce n'est pas demain que je retrouverai à instruire un crime où on ne tue pas, dans une ville où l'on s'ennuie.

Il faisait profiter tout l'environ de son désenchantement.

— D'ailleurs, poursuivit-il, je conseillerai même à la veuve d'attaquer elle-même en diffamation tellement cette suspicion directe me paraît injustifiée.

Ce soudain intérêt pour Aurore, la veuve et ses enfants, qu'il ne connaissait pas, me parut suspect.

— Vous voulez vous distraire, lui dis-je. Vous avez La Roque. J'y ai découvert un personnage qui s'ennuie autant que vous et qui brûle de dire ce qu'il sait.

— Vous m'alléchez !

— Et on fait le meilleur pain du monde à La Roque. Je sais que vous êtes comme moi. Vous aimez le bon pain.

Chabrand laissa là son vichy et me suivit séance tenante. Il avait déjà payé sa consommation suivant sa bonne habitude.

— Je vais avec vous !

Son empressement me surprit mais il me dit :

— Il y a dix ans que je n'ai plus mis de bon pain sous ma dent. J'ai fini par y renoncer.

Il s'installa d'autorité à côté de moi. Dans ma deuche, il faisait un peu perdu. Il touchait la capote incurvée et devait courber l'échine.

En route, il me dit :

— Vous savez, j'ai songé à ce cimetière toute la semaine. C'est curieux, cet orgueil post mortem. Toutes ces tombes luxueuses et ces hommes seuls dedans, sans suite, sans descendance. On dirait qu'ils sont tombés de la cuisse de Jupiter. Qu'est-ce qu'ils se croient ?

— Qu'est-ce qu'ils se croyaient... dis-je.

J'avais bien fait de ne pas lui parler de mon miracle. Il m'aurait ri au nez. Il était imperméable à la poésie des regrets. Il ne s'en laissait pas accroire.

Néanmoins, la vue de l'épicerie et de son arrogante devanture lui plut beaucoup. Il y trouvait des similitudes avec soi-même.

Il n'en finissait pas de pousser des : « Ça alors ! » admiratifs.

Il se glissa souplement entre les obstacles et ce fut lui qui tourna le bec-de-cane. Il avait flairé l'odeur du pain.

Clorinde regarda, médusée, cet escogriffe qui prenait à lui seul tout l'espace.

Elle dit :

— Y en a plus ! avec un aplomb sans pareil.

Car c'était le matin et deux grandes corbeilles occupaient tout l'espace. Elles grésillaient encore.

Pour éviter tout malentendu, et surtout d'alarmer Clorinde, je la rassurai tout de suite :

— Non, non ! C'est un ami du pain comme moi !

Il ne veut pas vous le prendre, il veut vous l'acheter !

— Mais alors, c'est une perquisition !

Elle avait tout de suite flairé en lui le magistrat, bien que Chabrand ait dit « Bonjour madame ! » avec toute la déférence nécessaire.

Mais son port de tête ne plaidait pas en sa faveur. Clorinde avait tout de suite vu, à travers les images de l'histoire de France, feuilletée en son enfance, que Chabrand avait l'arrogance de Robespierre et cela la désobligea. Il est curieux de constater à travers cent cinquante ans de postérité que l'Incorruptible fait toujours office de croque-mitaine. Il n'y a pas beaucoup de rues Robespierre en France. En tout cas, Clorinde en était encore toute frémissante comme un cheval effrayé.

Elle accepta à regret le billet que Chabrand lui tendit et elle le mit de côté pour ne pas le mélanger avec les autres. Je me saisis d'un pain sans barguigner et notre entrevue fut courte. Clorinde s'était d'ailleurs levée pour nous reconduire civilement. Dans l'entrebail, elle me glissa :

— Maître Savouillan voudrait vous voir.

Elle jeta de bas en haut un regard meurtrier à Chabrand :

— Mais seul !

Chabrand était trop heureux. Il serrait son pain sous le bras comme un enfant. Il le humait, il le caressait. Jamais personne n'avait osé lui dire qu'il ressemblait à Robespierre.

Désormais, j'allais tous les deux jours, en le commandant, chercher mon pain à La Roque. Ça faisait un peu cher la miche mais la deuche ne consommait pas beaucoup d'essence. En outre, j'avais converti Chabrand à ma religion du pain. Et nous utilisions alternativement son véhicule ou le mien.

Il s'était pris d'affection lui aussi pour le cimetière et parfois, de grand matin, nous y faisions médianoche avec ce pain qui embaumait et un morceau de florentine que tenait toujours Clorinde sous un voile de gaze à l'abri des mouches. Elle avait mis un mois à m'avouer que c'était son ami Antonio, le bouscatier, qui le confectionnait dans un coin secret de la forêt, avec de la pâtée de repasse et des glands de yeuses.

— Ça leur donne le goût du sanglier! me dit-elle.

Nous cachions cette Clorinde à tous nos amis et connaissances comme une maîtresse que nous aurions partagée.

Cent fois, dans ces allers-retours champêtres, j'avais été tenté d'avouer mon secret à Chabrand, ne serait-ce que pour le faire rire et le désarçonner.

L'épicière finit par s'apprivoiser à nous et maintenant, c'étaient ses commensales aux cabas qu'elle évinçait quand nous arrivions.

Un jour, Clorinde me prit à part et me dit :

— Et alors? Et cette Jolaine qui tant vous offusque, qu'est-ce que vous attendez pour la laisser tomber? Un jour, elle vous assassinera et vous serez bien avancé!

Ce jour-là, j'étais tout vermeil pour avoir été bien reçu par mon amie.

Les antennes de Clorinde étaient infaillibles et les quelques dames en noir qui venaient chercher leur pain chaque matin ne le lui cédaient en rien.

Pourtant, à part cette sortie matutinale, elles ne bougeaient jamais de chez elles : on venait les voir.

— Et autrement, insistait Clorinde : quand est-ce que vous allez le trouver, ce maître Savouillan ? Un jour, il se barrera et il restera sur votre faim.

Je n'osais pas lui avouer que je n'étais pas encore ressuyé de ce coup de miracle que j'avais reçu en pleine gueule. Ça l'aurait laissée bouche bée.

S'adressant à Chabrand :

— Tenez ! dit-elle, puisque vous êtes deux ! Monsieur, gardez-moi un peu le magasin pendant que j'accompagne monsieur.

Elle rafla à la hâte sa pointe[1] sur le comptoir. Elle allait vite en trottinant devant moi. On aurait dit qu'elle se risquait craintivement hors de sa tanière. On aurait dit aussi qu'elle avait hâte de me déposer aux pieds de ce notaire dont elle faisait tant de cas. Je la suivais péniblement.

En arrivant devant la maison fleurie de géraniums, elle tira sur une méchante sonnette coincée et s'esbigna, me laissant seul avec ce piège dont je ne savais s'il avait été entendu de l'intérieur. Je grimpai pourtant le perron. Un panonceau de tabellion se déployait au-dessus de la porte et celle-ci était grande ouverte comme une invite. Je me trouvai dans un corridor qui donnait sur un escalier orné de portraits d'ancêtres tabellions, lesquels se ressemblaient tous. Vous savez, ces sortes de portraits qu'on ne trouve que chez les riches et qui n'expriment rien. En forme de médaillon, impassibles, auxquels il serait vain de tenter d'y lire la

1. Pointe : sorte de châle noir, seul cache-misère que les vieilles de notre pays acceptent sur leurs épaules.

moindre histoire. Dans ce corridor, une porte matelassée était grande ouverte aussi sur un bureau immense que des cartons verts tapissaient et il y avait un grand fauteuil vert lui aussi : c'était le cabinet d'apparat d'un notaire d'autrefois dont la parole était d'Évangile et dont les accessoires étaient faits pour impressionner.

Il n'y avait pas la moindre secrétaire, le moindre clerc dans ce cabinet simplement doté d'une machine à écrire sœur des premiers films muets. Dans l'encoignure à trois pans d'une cheminée s'entrouvrait une porte confidentielle, entrebâillée et matelassée elle aussi. Il en surgit le personnage grand et maigre qui m'était apparu l'autre jour au cimetière. Il grimaçait un sourire qu'il avait préparé pour me rassurer.

J'ai oublié de dire que depuis l'autre soir où j'avais reçu, par la lecture, la révélation d'une exception en ma faveur, j'étais paré de ce miracle comme des plumes d'un paon. Rien ne pouvait plus m'étonner, j'étais un modèle d'indulgence amusée. Aussi vis-je surgir d'entre deux portes, comme des pages d'un livre, ce maître Savouillan, notaire, qui entra sur la pointe des pieds. Il pénétrait dans son propre cabinet comme en un lieu où il ne possédât rien; il y entrait comme un intrus et d'une manière aussi éphémère que s'il n'y avait pas droit, timidement et, surtout, comme s'il n'avait pas eu des choses très importantes à me dire.

Il était tel que je l'avais furtivement aperçu s'abscondant presque derrière les tombes l'autre jour dans le cimetière arrogant de La Roque.

— Vous êtes enfin venu, me dit-il.

Il me tendit une main flasque, molle et comme

découragée qu'il m'abandonna courtement, puis me retira comme s'il avait commis un impair.

— Vous êtes bien le commissaire Laviolette ?

— Pour peu de temps encore, lui dis-je.

— En tout cas, asseyez-vous là et écoutez-moi. Vous jugerez après si ça valait la peine ou non de m'écouter. Vous savez ce que c'est qu'une tontine ?

Je récitai :

— C'était autrefois une réunion de plusieurs personnes qui se proposent d'acheter un bien quelconque, de le conserver, d'en user et que ce soit le dernier survivant qui en ait la jouissance définitive.

— Fort bien ! dit le notaire Savouillan.

Et il poursuivit :

— Il y a quatre-vingts ans environ, il prit fantaisie à quelques-uns de ce pays de s'offrir un tel bien mais les propriétaires des terrains étaient tellement gourmands qu'ils ne pouvaient à eux seuls réunir la somme.

— Mais pourquoi en voulaient-ils un tel prix ? Je ne vois ici que pacages à vaches, ça ne devait pas représenter grand-chose. C'est un pays où il pleut énormément. Il n'y a pas beaucoup de ressources, le blé y est rare, il n'y a pas de vigne, des chasseurs peut-être à cause des chamois et de quelques rares tétras.

Le notaire se taisait et hochait la tête avec un sourire économe. Il me laissa énumérer les inconvénients du pays jusqu'à épuisement : l'ombre de l'Obiou qui s'étendait dès novembre sur le quart du pays, de sorte que les vieilles y abandonnaient leur chaise un beau soir sur le pas de la porte et que le lendemain, elles revenaient la chercher à grand regret pour tout l'hiver ; Chaillol-le-Vieux qui, un beau matin, étouffait le pays sous son éteignoir comme si on le bouclait avec une clef, de manière à ne le revoir qu'au printemps suivant. C'est le sort de toutes les vallées alpestres ainsi exposées.

À cet instant, le notaire à sa place revêtit une houppelande et s'en enveloppa frileusement comme si c'était déjà l'hiver alors qu'on n'était qu'au commencement de l'automne.

— Sans doute attendent-ils, reprit-il, que les plus vieux habitants meurent et que les survivants se lassent et s'en aillent. À l'heure actuelle, nous sommes peut-être encore quarante à nous obstiner.

» La Roque, reprit-il, est comme un arbre qui meurt. Il vient du monde l'été, puis quand l'automne arrive, il y a des volets qui se ferment, qui ne s'ouvrent plus au printemps.

— Mais alors pourquoi le terrain y vaut-il si cher ?

— À cause du saint.

Je sentis m'envahir un courant d'air glacé qui m'enveloppa tout entier.

— Quel saint ?

— On ne sait pas. Le bruit a couru. Vous savez ce que c'est qu'un bruit qui court ? Un jour, il y a quarante ans de ça, un aveugle s'est mis à jeter son bâton et crier par chemin qu'il y voyait. Ça a suffi pour ressusciter un saint qui s'appelait Clair autrefois. En gens sensés, on a eu beau étouffer le bruit, ça a fait son chemin. On n'a pas cherché plus loin. Ce genre de bruit, ça prend quelquefois et d'autres, ça ne prend pas. Ici, ça n'a pas pris. Mais il y en a d'obstinés qui ont trouvé moyen d'attiser la croyance et de la maintenir à petit feu.

— Je ne vois toujours pas où la tontine peut se greffer.

Maître Savouillan se leva de son trône (c'était un fauteuil à haut dossier qui inspirait le respect). Il alla fouiller dans des cartons verts qui tapissaient l'étude avec des allures de fichiers à crime. Il en rapporta un après bien des recherches. Il l'assena devant lui sur son bureau.

— Je vous raconte les choses telles qu'elles se sont passées. N'y cherchez aucune logique, il n'y en a pas. Vous avez dit chasseurs de chamois tout à l'heure ? Non, je me le suis demandé mais non. Ça n'était pas non plus le souvenir de cet aveugle qui s'était mis à crier miracle car pour ce miracle-là, tout le monde en avait honte. Il venait bien l'été quelques familles qui prenaient en cachette de l'eau à la borne pour la mettre en bouteille mais elles étaient de plus en plus rares.

Il fouilla dans le classeur.

— Voilà, dit-il, le *comment*. Le *pourquoi*, nous nous en occuperons après. Il faut d'abord que je vous explique qu'étant jeune, j'étais faible de la poitrine, j'étais comme on dit *de petite vie*, alors mon père, qui était notaire à Champoléon, après mes études de droit, qui m'avaient permis, à force de redoubler, d'acquérir ma licence...

Il reprit souffle, après avoir débité tout d'une traite ce curriculum vitæ.

— Un jour, il y a longtemps de cela, je vis arriver un homme lisant un livre, toujours le même. Je le voyais tout le temps, je le voyais tous les jours, vers les dix heures. Il se dirigeait vers un endroit bien précis. Il y avait un gros rocher à cet endroit. Vous savez, un de ces assaloirs où l'on mettait du sel pour les bêtes autrefois. Lui, il s'asseyait dessus. Et il lisait. Il s'arrêtait pour lire, toujours au même lieu. L'année d'après, il en vint un autre. Ils achetèrent une maison abandonnée. Il y en avait quantité. Ils firent refaire la toiture. On ne les entendait jamais prononcer une parole. Ils lisaient le même livre. Puis, je vous la fais courte, l'année d'après un troisième, puis un quatrième, puis un cinquième. Ils se promenaient tous avec le fameux livre sur les bras. Ils marchaient de champ, ils tenaient toute la rue, tous la même. Ils étaient presque tous semblables. De grands gaillards. Ils partaient en promenade, tous les jours. Une fois, je débordais de curiosité, j'étais jeune, et j'ai toujours aimé les mystères. Ils se dirigeaient toujours vers le même endroit, ce gros rocher dont je vous ai parlé qui avait roulé un jour sur les flancs de la montagne puis qui n'y avait plus bougé, enkysté dans l'herbe. À cette époque, l'endroit était couvert d'arbres. On voyait à travers. Les cinq hommes s'arrêtaient là autour de ce rocher et ils regardaient au loin. Ils se montraient du doigt tel point de l'horizon. Ce qu'on voyait, je le vis avec eux. C'était cette pente de la montagne où l'horizon se déchirait, où tout d'un coup, on voyait, le matin, l'Obiou surgir des brumes comme un volcan sur lequel on aurait mis un éteignoir. Puis, à mesure qu'autour de lui les brumes se délitaient sur la vallée du Drac, apparaissaient comme une surprise offerte par les massifs : le Valjouffrey, le Valsenestre, le Valgaudemar. Ils se désignaient ces lieux comme un bouquet qu'ils auraient fait. Tous ces torrents jouxtaient leurs remous en rencontrant le Drac. Et effectivement, depuis ce rocher, c'est le seul endroit de la vallée d'où l'on peut contempler le monde entier en raccourci comme d'une carte de géographie ; et ce jour où j'ai filé mes cinq gaillards, ils y mettaient tant d'obstination et tant de cœur que j'ai fini par comprendre qu'ils cherchaient l'emplacement de leur propre tombeau. Et pour comprendre ça, monsieur, il ne fallait pas être le premier venu !

Comment ai-je eu l'intuition de ça et pour quelle raison tenaient-ils tant à être enterrés ici, à La Roque ? C'est ce que je vous dirai tout à l'heure...

Un après-midi ils sont arrivés, je n'en connaissais qu'un. Un de Ribiers, un ancien collègue de faculté qui avait mal tourné ! Il avait épousé une veuve (celle que vous avez vue à son enterrement et qui avait déjà deux enfants).

Ils tenaient toujours le même livre qu'ils serraient contre eux comme une bible. Ils étaient quatre en tout, en dix ans le cinquième était déjà mort ! La tontine n'était donc plus à partager qu'en quatre !

Ils étaient endimanchés comme s'ils se présentaient à une noce. Ils tenaient tout l'espace de l'étude. Ils restèrent debout parce que, sauf mon fauteuil, il n'y avait pas assez de sièges. Ils étaient rasés de frais et respiraient la confiance...

Maître Savouillan se permit une pause, il faisait durer le plaisir de raconter. Il préleva une pastille qu'il tenait dans son gousset. Ce viatique parut le revigorer. J'écoutais attentivement.

Il poursuivit :

— Les deux premiers sont morts de leur belle mort, il y a fort longtemps de cela, vers les années 30 à 40. On les a enterrés là où ils en avaient donné l'ordre. Alors ce n'était pas un cimetière ; mais sur les terrains qu'ils avaient achetés en tontine, l'espace était assez vaste pour que ce soit privé. Le premier mort, c'est le plus haut, près de la lisière de la forêt, et la deuxième, in extremis, une femme qui n'avait pas voulu vendre son terrain, une irréductible. À son décès, elle traînait un sac de procès de peut-être quinze kilos. On l'appelait Heurtebise Combassive, une lascarde !

» Celui d'ici, de cimetière, il est en bas bien limité, modeste, chrétien ! Et au moins, il a une clôture ! Moi-même, j'y ai ma tombe. Là-haut, ce sont tous les gens de la tontine ! Et ceux qui leur ont acheté une concession par la suite, l'ont-ils divulgué ? L'ont-ils fait savoir à leur famille ? Ce qui m'a étonné, c'est qu'il n'y avait personne à leur enterrement, seulement les pompes funèbres. J'ai assisté aux deux obsèques.

Cette sépulture privée parut faire des adeptes. Tant et si bien qu'il devint à la mode de se faire enterrer à La Roque ! Si on en avait les moyens ! Parce que les deux derniers bénéficiaires de la tontine, les dents leur avaient poussé. Quand ils avaient créé la tontine, ils étaient jeunes et idéalistes. Je les ai bien connus car toutes les dévolutions passaient par mon étude. Seulement ! Les propriétaires de La Roque, à eux aussi, les dents leur avaient poussé ! Et ils recevaient du monde entier des propositions alléchantes pour vendre leurs terres. Les deux survivants proposèrent à Télésphore de le mettre en tiers dans la tontine. Et l'autre, sans trop savoir de quoi il s'agissait, se fit prier jusqu'à la dernière proposition, jusqu'à ce qu'il sentît que le jeu allait n'en plus valoir la chandelle, puis il céda, bien aidé il est vrai par mes objurgations.

Maître Savouillan reprit son souffle et s'accorda une autre pastille.

— C'est facile à comprendre ! Tous les trois, les deux derniers survivants de la tontine et le vieillard Télésphore, ils étaient persuadés, en bons terriens qui croient fermement à leur immortalité, que les deux autres partiraient les premiers !

Il continua avec bonhomie :

— Vous comprenez, il n'y a qu'une pharmacie dans le canton. Il suffisait de surveiller le jour où Télésphore allait renouveler ses médicaments pour savoir de qui il s'agissait. C'étaient des spécifiques de la cirrhose du foie et, par conséquent, il n'en avait plus pour longtemps...

— En quoi ils ne se trompaient pas, ricanai-je.

En entendant cette réponse, Savouillan esquissa un petit sourire vite dissimulé. J'aurais dû me méfier.

Il hocha la tête.

— Ça doit vous paraître un peu compliqué, ces histoires de maquignons. Mais si vous étiez notaire, vous en entendriez bien d'autres. Il ne faut pas oublier que tout en étant cultivés, les deux survivants de la tontine étaient de souche terrienne, même l'agent de change, le dernier de cujus.

Il commençait à m'agacer avec sa profonde connaissance de l'âme humaine.

— Vous savez, lui dis-je posément, j'ai trente ans de pratique dans la police, alors pour me surprendre...

En entendant cette rodomontade, maître Savouillan prit son parti et rassembla d'un coup sec les feuilles qu'il tenait en main.

— Bref, dit-il. Voici de quoi je suis chargé.

L'autre soir, après vous avoir quitté, c'est-à-dire le dernier soir de sa vie, Télésphore est venu me trouver à neuf heures du soir. J'allais me coucher, j'étais en robe de chambre. Je lui ai répondu par la fenêtre. Nous avons eu deux minutes de conversation, lui me suppliant de le recevoir et moi lui demandant d'attendre à demain. Finalement, j'ai accepté de lui ouvrir. Il faisait un de ces froids à brume comme le pays en tient en réserve à l'automne. Il s'est assis là, à votre place, et lui me dictant et moi mettant en bon français le texte suivant. C'était un codicille à son testament : « Moi, Télésphore, sain de corps et d'esprit, je déclare léguer ma part de tontine à M. Laviolette Modeste, en toute propriété, pour ce que de droit. »

— Vous comprenez, j'ai fait le plus court que j'ai pu parce que j'avais les pieds gelés !

Lui, il avait peut-être eu les pieds gelés, mais moi, à l'instant, j'étais éberlué. Je me dressai tout droit sur mon siège. Je m'écriai :

— Mais je ne l'avais jamais vu !

— Et moi, je ne connaissais pas votre nom !

— Mais ça, après la découverte du corps, vous l'avez dit aux gendarmes ?

— Étant donné votre qualité, j'ai préféré vous en parler avant.

J'étais plein d'exclamations diverses que je contenais en moi. Je venais de devenir le propriétaire d'une tontine à peine après avoir appris ce que c'était.

J'étais en devoir de lire le papier que maître Savouillan me fourrait entre les mains. J'avais douze hectares de terrain qui contenaient toutes les sépultures du nouveau cimetière de luxe, l'espace du pré et la masure du sieur Télésphore.

— C'est clair ! C'est le dernier testataire qui a eu des descendants. En l'occurrence, Aurore du Plessis, la veuve ! En qualité de légataire universelle.

Je revis en un éclair la veuve joyeuse et ses deux beaux enfants dont l'une pratiquait le jumping et l'autre boursicotait.

— C'est clair, répéta maître Savouillan. La tontine est formelle à cet égard, c'est le testament qui le dit. Vous lisez : en cas de dissolution de la tontine, c'est le testataire qui aura fondé une famille qui sera possesseur du bien. Vous n'avez pas d'enfant, que je sache ? me demanda-t-il avec bonhomie.

— Non, par la grâce de Dieu !

En avoir dans un pays où de pareilles entourloupes sont légales, voire recommandées, ne m'aurait pas paru une riante perspective.

J'étais consterné. Si j'avais bien compris le contenu du testament de Télésphore, il me léguait la tontine dont il était le dernier signataire avec la veuve joyeuse. Comme je n'avais pas d'enfant, c'était elle, Aurore du Plessis, qui devenait bénéficiaire de plein droit si je mourais avant elle. Pour le bon vivant que j'étais, la perspective était imminente, précise. J'évoquai les deux tombes dont l'une était somptueuse et l'autre encore incomplète. Il suffirait à Aurore de m'envoyer ad patres pour empocher l'ensemble.

Elle était en mauvaise posture. Les affaires de Bourse dont s'occupait activement son fils étaient de nature, par les temps qui couraient, à faire fondre les fortunes du poète antiquaire défunt et du producteur de pommes de Ribiers, comme la banquise par temps de pollution et à une vitesse encore plus vertigineuse. J'étais en première ligne comme un poilu de 14. J'entends la rumeur publique, toujours prodigue de bon conseils, me dire : « Mais pour éviter de tomber dans ce traquenard, vous n'avez qu'à vous garder de l'épouser ! »

Ça, c'était un conseil empoisonné ! Car il aurait fallu ne pas se connaître soi-même pour y croire. Or, faible comme j'étais et surtout depuis que je l'avais vue évoluer sur son cheval d'arçons, il était évident que si cette fée m'attaquait, je ne lui opposerais jamais qu'une résistance de principe. Et alors, si mes calculs étaient justes, et depuis le temps que je les vérifiais, il n'y avait aucune raison pour qu'ils ne le fussent pas, et alors, adieu la vie !

Maître Savouillan parut comprendre mes soucis.

— Évidemment, s'écria-t-il en levant comiquement les bras au ciel. Évidemment ! répéta-t-il. L'inconvénient majeur de ces sortes de dévolutions discrètes, c'est qu'en général le dernier bénéficiaire risque gros ! Mais vous lirez ça à tête reposée ! Les fondateurs ont tout prévu : seul héritera celui d'entre eux qui aura créé une famille ! Mais tenez ! Je vais vous montrer l'endroit exact sur lequel ils avaient jeté leur dévolu. Et vous me direz si ces chrétiens n'étaient pas, pour tout dire, au moins originaux ! D'autant plus que lorsqu'ils ont arrêté ces dernières dispositions, ils avaient tout au plus vingt-cinq ans !

Il se leva et s'enveloppa d'une houppelande rigide de suint ayant servi aux bergers pendant tant d'années. Et d'ailleurs, elle sentait le bélier à plein nez.

— Mon dieu, m'écriai-je en me couvrant la bouche. Et Chabrand !

Je venais de me souvenir que je l'avais laissé chez Clorinde et seul avec elle. Il y avait une heure et demie qu'ils étaient en tête à tête.

— Excusez-moi, dis-je au notaire. Passez devant ! Je vous rejoins à l'instant avec mon adjoint.

Je n'avais pas le temps d'expliquer que mon adjoint, c'était en réalité le juge d'instruction.

Je fonçai vers Clorinde, je bousculai un peu le savant assemblage destiné à dissuader d'entrer. Je me trouvai devant le charmant spectacle du juge Chabrand à califourchon sur une chaise, les mains tendues appuyées contre le dossier, et Clorinde qui enroulait dextrement la laine noire destinée à tricoter les bas pour les voisines et amies.

Mais entre-temps, la boutique s'était remplie de ces voisines en noir dont les joues s'affaissaient molles mais qui gardaient la tête libre et le verbe haut. L'une, véhémente et le bras tendu, était en train de narrer ses affres pendant la guerre, quand elle partait à travers la montagne ravitailler le maquis. Les autres immobiles attendaient leur tour de raconter, la bouche pleine de paroles qui s'enjolivaient dans le silence qu'elles s'imposaient, mais n'écoutant en réalité que ce qu'elles allaient dire.

Clorinde allait de l'une à l'autre, enroulant avec dextérité sa pelote qui grossissait, et Chabrand suivait le mouvement à mesure que celle-ci se développait.

— Eh bien ! me cria-t-il du plus loin qu'il me vit. Vous en avez mis un temps !

En chœur, les vieillardes protestèrent qu'elles l'avaient distrait en attendant.

Chabrand passa sa pelote à l'une des récitantes qui pour l'instant marmonnait sans mot dire sa propre histoire en attendant de pouvoir la placer.

L'horloge au fond de la boutique sonna cinq heures.

— Une heure et demie ! cria Chabrand, que j'attends là à me morfondre ! Qu'est-ce que vous foutiez ?

Il bousculait pour se dégager les éminences noires toutes chargées des secrets de vieilles alcôves et brûlant d'expliquer leur bonne foi et la façon judicieuse dont elles s'étaient comportées en toutes circonstances.

Chabrand prenait sommairement congé et fermait le bec-de-cane derrière lui. Il s'enfuyait littéralement. Il emportait dans son sillage toute l'histoire du Champsaur depuis cinquante ans.

Pendant ce temps, profitant de la diversion, les Érynies s'interpellaient toutes ensemble, s'efforçant de se voler la parole. Le magasin de Clorinde explosait en exclamations.

Chabrand s'ébrouait :

— Elles m'ont récité le quart de siècle, entrelardé de leur propre histoire et du grand bien qu'elles pensaient d'elles-mêmes.

— Dépêchez-vous ! dis-je. Je vois là-bas le notaire dans sa houppelande fantomatique qui claque au vent comme un drapeau ! Lui non plus n'est pas moins inquiet de nous raconter l'histoire de sa vie !

Nous le rejoignîmes, moi suivant péniblement le juge énervé et qui mouchait à grands bruits. Le notaire était déjà en train d'escalader l'allée où les tombes verticales se faisaient face, orgueilleusement parées de leur luxueuse simplicité. Au sommet de cet alignement, la tombe à l'inscription viciée d'une coquille et, à sa suite, celle où nous avions, Chabrand et moi, vu ensevelir le dernier mari de la veuve, l'avant-dernier membre de la tontine, encore privée de sa dalle de marbre.

— Voici ! dit le notaire. Cette sépulture où vous m'avez vu me recueillir l'autre jour !

Il s'écartait théâtralement pour que nous puissions bien distinguer la couronne qu'il avait déposée sur le tertre imposant.

— C'était un de mes amis très chers, presque un ami d'enfance. Il descendait d'une lignée de paysans mais il s'était élevé dans la hiérarchie. C'est lui qui a créé le premier verger de pommes princesse du département. Il avait fini grâce à son talent par acquérir à Paris une charge d'agent de change. Il avait brigué à un moment le siège de conseiller général mais il s'était présenté sans étiquette, ce qui en faisait une cible facile pour tous ses concurrents, lesquels avaient derrière eux un parti ; un programme, un idéal, qu'ils disaient. Bref, il n'avait pas le profil.

Le notaire se laissa choir sur la tombe précédente, non sans avoir lissé sous ses fesses la houppelande pour se protéger du marbre froid.

— Par un hasard comique, dit-il, voici réunis ici deux amis d'enfance très chers, l'un resté au pays et l'autre d'abord exilé à Paris puis venant finir sa vie à Gap. Les deux ayant eu le malheur de tomber sur cette veuve du Plessis. Je ne sais où elle est allée pêcher cette particule qui fait cocotte du Second Empire.

» Le premier mort, il y a deux ans et demi, avec

déjà comme vous pouvez le voir l'épitaphe curieuse qui l'accompagne...

Je levai le doigt :

— Et qui comporte une énorme faute d'orthographe !

— Ah oui ? Je ne m'en étais pas avisé !

Il se leva pour la lire à nouveau.

— Ma foi, dit-il, je ne la trouve pas !

— Parce que vous n'avez jamais lu Valéry !

Je faillis ajouter : « Peut-être même n'avez-vous jamais rien lu de votre vie ! » Mais il allait nous livrer le secret de ces tranquilles tombes. Le moment était peut-être mal choisi pour l'indisposer.

— N'oubliez pas que ce sont des vies d'hommes, qu'on ne peut conclure sur eux que lorsqu'ils ont terminé leur cycle. C'est l'aveu du survivant, de celui qu'épouserait Aurore en troisième noce, qu'il me fit en confidence, un soir d'hiver au coin de mon feu ! Il me parlait, avec passion alors, de cette Aurore qu'il venait de rencontrer et pour laquelle – à soixante-sept ans et bien délabré ! – il venait de se prendre d'une passion immodérée.

» Et alors, il m'a dit :

« Ne croyez pas que nous nous soyons connus d'abord, mes compagnons et moi, c'est le lieu qui nous a fait nous connaître. C'est par hasard que nous nous sommes rencontrés ici un soir. Nous avions vingt ans, nous sommes arrivés tous les cinq poussés par la même intuition. Il n'y avait pas de terres, il n'y avait pas de cimetière, sauf la chapelle, sauf la source et sauf ces deux tombes fortifiées, des deux maires, comme s'ils devaient à la fois se défendre l'un contre l'autre et, en même temps, vivre leur éternité en se supportant. Nous allions vers une terre promise qui n'existait pas. Pour tout bagage, nous avions chacun un sac sans armature et peu d'argent. Nous sommes arrivés ici sans nous connaître, sans nous aimer, comme des intrus les uns pour les autres. Je me souviens. Il n'y avait pas d'auberge – il n'y en a toujours pas –, pas d'abri. Nous avons monté nos tentes à trente mètres les unes des autres sous une pluie battante qui ne cessait pas. Jurant et crachant, farouchement individualistes, ne voulant pas sympathiser, ni nous aimer. Comment sommes-nous tombés ainsi ensemble, par hasard ? Je me souviens seulement que c'était à l'automne 1934. Nous avons parcouru tous les promontoires alpins autour de la Durance mais chacun pour soi, sans nous rencontrer jusqu'alors mais avec obstination, flairant la trace invisible, comme des chiens de chasse. »

— Mais cherchant quoi? demanda Chabrand qui en avait jusque-là des mystères de La Roque entendus toute la soirée.

— Si vous étiez moins impatients, vous le sauriez quand je voudrai, dit le notaire méchamment. Sinon, je me referme et vous ne saurez rien !

Il était outrageusement fâché. Chabrand se tut. Le notaire reprit là où il avait laissé sa phrase et poursuivit le récit de son ami disparu :

— «... flairant la trace invisible comme des chiens de chasse ! Enfonçant les piquets de nos tentes dans la terre qui se dérobait, qui coulait littéralement sous nos pieds. Tout était trempé jusqu'au cœur. Pas question de manger par ce déluge. Nos tentes n'étaient pas imperméabilisées. Nous n'avions pour résister au déluge que le but qui nous avait drossés jusqu'ici. Je ne sais pas ce que firent les autres durant cette nuit. Le matin nous surprit dans notre sommeil, trempés, frigorifiés, recroquevillés sur notre misère et heureux comme des jeunes mariés. Le soleil coupait la planète en deux. En haut, c'était la lumière et la chaleur. En bas, en un mugissement de douleur, la vallée du Drac était un énorme fleuve de brumes long de dix kilomètres qui roulait vers Grenoble en un silence au tumulte pareil. Tout était immatériel autour de nous.

» On s'est réveillés les uns après les autres, douchés comme des voyageurs de l'éternité au matin du déluge. Nous nous trouvâmes tous les cinq au bord du pré où clapotait la brume au ras des yeux.

» Et alors nous nous sommes aperçus que nous tenions un livre entre nos mains et l'un d'entre nous murmura : "Tu te souviens? Il nous disait : J'avais depuis longtemps envie d'écrire un livre où l'on entendrait chanter le monde." Personne ne parla plus. On l'écoutait : "Ce n'est pas moi qui cite. Ce sont eux qui citaient. Ils citaient un homme qui savait voir le monde et ses créatures parce qu'il les photographiait littéralement. Il avait un œil bleu enregistreur dont le regard n'était jamais là où on l'attendait, jamais face à vous, mais vers des ailleurs encore invisibles au commun des mortels, et qu'il venait d'inventer."

Le silence se fit. Maître Savouillan reprenait souffle. Je regardais attentivement Chabrand estomaqué. Il observait ce maigre notaire prendre la voix de tous ces morts autour de nous qui avaient eux-mêmes emprunté la voix d'un orateur.

— « Et vous savez, continua à raconter maître Savouillan, nous tenions à la main, trempé lui aussi, tous le même livre. Nous avons tiré un fil entre les piquets de nos tentes et sur ce fil, nous avons mis à sécher nos cinq volumes à la queue leu leu, tous avec le même titre : Jean Giono, *Le Chant du monde*, c'est ça ! C'est ce livre-là qui nous a soudés. Et c'est ce lieu, ce lieu qui ne pouvait pas ne pas exister, que nous avions cherché pendant toutes nos vacances et que nous étions sûrs maintenant d'avoir trouvé. Vous pouvez ouvrir tous nos cercueils, chacun sous notre crâne, vous trouverez les vestiges de ce livre. Malgré nos vingt ans, nous sentions dans tous nos os la présence de la mort. Nous étions froids comme elle et rien d'autre pour nous protéger que la voix paniquée de ce poète qui nous traînait à sa suite. Nous étions des mendiants de vingt ans que même l'amour n'intéressait plus. »

» Voici ce que m'a dit trois jours avant sa mort mon ami, le créateur de pommes, dit maître Savouillan.

Ainsi parla maître Savouillan, notaire. Il était à bout de souffle mais on sentait que sous ces tombes où nous étions assis, des phrases résonnaient encore en lui qui auraient pu exprimer, véhémentes, incompréhensibles, toute sa stupeur de les avoir un jour entendues.

— Tenez ! Regardez ! cria le notaire.

Il désignait d'un index péremptoire l'Obiou qui émergeait comme un dieu sur un trône de cette marée montante de brume et les trois ramures des torrents : le Valjouffey, le Valsenestre et le Valgaudemar qui se vomissaient dans le Drac hors leurs vallées absconses entre les pentes inégales des cimes.

Ce devait être l'ordinaire que ce lourd rideau de brouillard qui se déroulait chaque soir devant les monts pour les sculpter dans la matière du ciel. Le haut théâtre de draperies s'ouvrait sur le premier acte du monde.

Maître Savouillan n'avait jamais eu conscience, avant que quelqu'un le lui soulignât, que son pays recélât tant de merveilles.

Nous retournions à la voiture, laissée sur l'aire de la chapelle exiguë et dont j'aurais tant voulu pouvoir demander anxieusement à celui qui l'avait construite s'il avait eu conscience lui aussi de l'avoir fait dans la perspective la plus énigmatique du pays.

Le notaire en passant devant l'épicerie de Clorinde ne put s'empêcher de faire un furtif bras d'honneur dans sa direction.

J'étais devenu attentivement perspicace et je compris que ce geste d'irrévérence s'adressait à l'épicière et ses commensales qui ne pourraient jamais raconter une aussi belle histoire que celle qu'il venait de nous apprendre.

En redescendant le col Bayard, serrant tendrement mon bon pain d'autrefois contre mon cœur, je dis à Chabrand :

— Vous savez, Chabrand, j'ai une bien bonne envie de me faire enterrer là, moi aussi !

Mais mon enthousiasme était tempéré par la menace que faisait peser sur moi la révélation d'être le dernier bénéficiaire de la tontine.

8.

Grâce à maître Savouillan, j'avais donc éclairci ce premier secret. Mais grâce à lui et à l'obligeance du vieillard au bastidon, je savais aussi que j'étais placé en tête des victimes éventuelles de la tontine. Le notaire m'avait averti : « L'inconvénient, m'avait-il dit, dans ces sortes d'arrangements entre vifs, c'est que le dernier survivant risque gros. »

J'étais irrésistiblement attiré vers La Roque et son cimetière mais aussi par Clorinde et son épicerie. Il me semblait que c'était parmi les flots de paroles de ses commensales que résidait la clef du mystère.

J'avais réussi sans même l'y inciter, par la simple vision que le récit du notaire avait laissée dans la mémoire de Chabrand, à intéresser celui-ci à la nature, au ciel, aux eaux, aux animaux de toutes sortes et quelquefois aussi à l'homme seul. Son marxisme intransigeant et secret (depuis qu'il n'était plus de bon ton de l'exprimer) s'était teinté d'un peu d'humanité.

Par exemple, il s'était habitué à manger du bon pain, et de plus en plus souvent, il m'accompagnait à La Roque et même, il s'était habitué à Clorinde et à prendre plaisir aux conversations faites d'objections véhémentes qu'elle entretenait avec ses partenaires aux longs doigts brandis vers l'infini, à travers le magasin, pour exprimer l'inexprimable.

Je le surpris même, un peu plus tard, en flagrant délit de lecture du *Chant du monde*[1]. Manifestement, ce livre allait le conduire, loin de ses principes les plus sacrés, à renier ses convictions les plus chères et notamment à cesser de croire qu'il faisait tourner la roue sur laquelle il tournait. C'était déjà ça de gagné. Mon amitié pour lui s'en trouva réconfortée.

Cependant, je me posais des questions à propos de ma gardienne de chèvres. Elle ne devait pas me porter dans son cœur depuis qu'elle savait que Télésphore m'avait fait légataire de sa masure et du pré attenant. Que je me sois laissé séduire n'impliquait pas ipso facto que je la tinsse aussi au-dessus de tout soupçon.

Il y avait huit jours que je n'avais plus vu Chabrand. Il était occupé en son bureau avec un veuf irascible qui avait tabassé à mort sa vieille compagne; et un propriétaire qui avait menacé ses locataires à l'aide d'un fusil à pompe (à noter que la locataire était en même temps sa maîtresse et qu'elle avait prétendu que ses prestations venaient en déduction du loyer).

Un matin, je le vis venir vers moi depuis le bout de l'allée devant le muret.

— Je n'ai plus de pain, me dit-il.

— Moi non plus, lui dis-je, mais je vais vous demander de venir avec votre voiture tandis que

1. Jean Giono, *Le Chant du monde*, Gallimard, 1934.

j'irai seul avec la mienne. Je voudrais tenter une expérience.

J'arrivai à La Roque vers dix heures. Chabrand dans sa traction m'avait victorieusement dépassé à mi-col. Il m'attendait devant la chapelle, sur le terre-plein du cimetière.

Depuis que maître Savouillan m'avait révélé le secret de cette nécropole, elle recélait toujours une part de légende et Chabrand et moi, nous prêtions l'oreille à son silence.

Nous étions en plein irréalisme, sinon en pleine irréalité. La dalle commandée par la veuve à Carrare n'était toujours pas arrivée et la tombe où le tertre était toujours sommé de la couronne et où les vraies fleurs commençaient à prendre une vilaine teinte morte nous rappelait qu'un vrai mort attendait là d'être somptueusement paré d'une sobre dalle de marbre.

— Eh bien, me dit Chabrand en m'accueillant, quel soupçon avez-vous encore inventé pour nier l'évidence ?

Il était souriant contrairement à son habitude, lui qui paraissait toujours contrarié, il offrait un visage reposé. Pour la première fois, son étrange ressemblance avec Robespierre s'était largement atténuée. J'attribuai naïvement son nouvel aspect à la lecture du *Chant du monde* qui selon moi l'avait pacifié.

— Voilà, lui dis-je, ce que j'attends de vous. Je vais aller chercher le pain.

— N'oubliez pas de prendre le mien.

— Je n'en aurais garde ! Mais écoutez-moi. Vous allez régler votre montre sur la mienne. Il est dix heures dix. Vous vous mettrez en route dans dix minutes. Vous vous souviendrez ? Dix minutes. Le temps que j'atteigne la boutique de Clorinde et le temps d'un brin de causette avec elle. Voilà, c'est fait. Je pars ! N'oubliez pas ! Dix minutes.

Je me mis tranquillement en route, la fourgonnette du boulanger était devant la porte quand j'atteignis la devanture de Clorinde.

La boutique était envahie par quelques veuves au front blanc qui se disputaient à pleines mains le bon pain d'autrefois car chacune le voulait cuit à sa convenance.

Le boulanger était là, lui aussi. Il n'était pas jeune. Il était une enseigne pour son métier : sur son tablier grossier qui devait avoir trente ans de promiscuité avec le four et les pains brûlants, il offrait le visage aux yeux chassieux d'un homme qui mourait à petit feu depuis son enfance, de sa profession et de sa passion.

C'était à lui d'abord que je voulais souligner la vénération que je lui portais. Je lui serrai la main longuement avec des paroles qui dépassaient ma pensée comme toujours. J'ai la manie d'exagérer tous mes sentiments et mon allégresse était à son comble, face à cet ouvrier que je remerciai pour tous ceux qui n'y penseraient jamais.

C'était un vieil homme qui ne devait pas peser plus que les soixante kilos de farine qu'il pétrissait depuis l'enfance, en deux fournées. Il offrait le regard perdu de qui a un retard de sommeil qu'il ne regagnera qu'à sa mort. Il me considérait, étonné, me livrer à mon numéro préféré : l'admiration pour autrui. Les Euménides (c'est-à-dire les dames en noir qui tripotaient le pain de leur poigne griffue), en restaient la miche en suspens et me regardaient avec étonnement et sans doute un peu d'effroi. Elles pensaient comme moi sans doute mais sans pouvoir se le formuler. Formuler sa pensée en images, à propos d'un boulanger insignifiant et d'une sublime odeur de pain d'autrefois, n'est pas à la portée du premier venu et j'en étais assez fier.

Seulement, pendant ce temps, Chabrand avait arrêté sa voiture sur la place. Il s'était glissé parmi nous sans bruit et, ainsi que les clientes habituelles, il tripotait à son tour la miche qu'il avait choisie et dont il s'était emparé.

— On dirait le discours du maire ! dit Clorinde quand je me tus.

Elle n'était pas loin de l'admiration. Et ses compagnes de chaque matin me regardaient avec étonnement, savourant les paroles qu'elles approuvaient et qu'elles se disaient à voix basse depuis tant d'années, machinalement, sans avoir besoin de prendre conscience d'un bonheur inexprimable et qui d'ailleurs n'avait pas besoin d'être exprimé tant il était naturel.

— Alors, me dit Chabrand, tout en payant sa miche. Cette expérience que vous vouliez faire ?

J'en étais à serrer la main du boulanger qui s'en allait en me retirant peureusement ses doigts aussi mous et sans expression qu'une pattemouille. Il devait se demander ce que c'était que cet olibrius capable de parler pendant cinq minutes d'une chose aussi banale qu'une miche de pain.

Pendant ce temps, l'invasion matinale de chaque jour s'était mystérieusement écoulée et nous étions seuls maintenant avec Clorinde.

— Attendez, Chabrand ! Dites-moi, Clorinde, vous m'avez bien dit l'autre jour que vous avez entendu deux voitures, l'une à trois heures et l'autre à trois heures et demie ?

— Voui ! Je vous l'ai dit. Même que j'avais noté l'heure qu'il était à ma pendule qui sonnait la réplique.

— Bon ! Est-ce que vous seriez capable de distinguer entre les bruits de deux moteurs ? Nous allons nous en aller et...

— Vous m'avez pas payé !

Je sortis une pièce de ma blague à tabac et lui fis signe qu'elle pouvait tout garder.

Elle se rebiffa :

— Mais dites ! Vous croyez que je suis au pourboire ?

J'avais cru deviner qu'elle aimait l'argent mais, ou bien celui que je lui abandonnais était trop insignifiant, ou alors je m'étais trompé. Ça m'arrivait souvent de commettre des erreurs irréparables. Et en effet, à partir de cet instant, Clorinde fut sur ses gardes avec moi.

— Je dis : nous allons nous en aller mais ce n'est pas pour longtemps ! Dans dix minutes, nous reviendrons. Écoutez attentivement le bruit de nos deux moteurs. Vous nous direz s'ils étaient semblables.

Nos miches contre la poitrine, nous fîmes une fausse sortie. Chabrand prit de l'avance, et nous allâmes jusqu'à la chapelle. Je laissai le juge démarrer normalement. Je regardai ma montre et comptai cinq minutes. Je m'installai au volant, ce qui me prit encore deux minutes. Je démarrai et restai en seconde de manière que le moteur fît son bruit particulier de deux chevaux.

Chabrand était déjà arrêté devant l'épicerie. Il

manœuvrait le bec-de-cane. Il interrogeait Clorinde le premier. Elle était en train de répondre.

— C'est pas difficile, dit-elle. La vôtre fait un bruit normal et celle du commissaire, un bruit de casserole. On dirait qu'on trimballe une batterie de cuisine !

Je lui dis à mon tour :

— Bon. Mais réfléchissez bien : cette nuit-là, celle qui fait le bruit du juge, elle est passée combien de fois ?

— Une seule fois, dit-elle. Mais j'ai pu me rendormir et ne pas l'entendre.

C'était vrai. Elle avait pu se rendormir et ne pas l'entendre.

— Et alors, et la mienne ? Celle qui fait un bruit de casserole ?

Clorinde réfléchit profondément.

— Deux fois !

— Vous voilà bien avancé ! dit Chabrand. Vous avez encore besoin de moi ? Parce que j'ai un rendez-vous très important à Gap.

Non. Je n'avais plus besoin de lui. Je pouvais tout seul regagner Chauffayer et la vieille maison où, l'avant-veille, j'avais rencontré une chance inespérée. Je repris ma voiture et le chemin vers la nationale. Un camion de bois avec remorque m'obstrua la voie et je dus le suivre jusqu'à Chauffayer.

Jolaine était en devoir de finir la traite du matin. Elle m'accueillit avec un sourire joyeux qui me fit mal aux tripes. Je sentais en moi le vieil instinct du chien de chasse flairant la trace du gibier et Jolaine était la biche au fond des bois que l'hallali attendait, résignée, minuscule et sans importance. Ainsi donc, l'autre nuit, c'était une deux chevaux que

Clorinde avait entendue passer deux fois devant sa boutique, une fois à l'aller, une fois au retour.

Je m'abstins de toute marque de familiarité et marmonnai un bonjour sans importance. Je me trouvais dans la situation de mon grand-père gendarme lorsque, dans son village, il devait arrêter l'homme que la veille encore il tutoyait, avec lequel peut-être il avait bu le pastis.

Moi c'était pire, c'était une femme que j'avais serrée dans mes bras, que (pardonnez-moi) j'avais fait jouir, non pas par moi, mais par la récitation du *Cimetière marin* où elle avait pris si grande part.

J'étais frappé de mélancolie. Comment une femme qui vient de tuer son mari peut-elle apprécier *Le Cimetière marin* ?

— Clorinde, dis-je d'une voix étranglée, a entendu passer votre voiture deux fois, une fois à l'aller, une fois au retour. C'est la tontine qui vous intéressait ? Vous m'aviez dit que vous ne saviez pas ce que c'était. Mais ce n'était pas vrai ?

Elle fit un signe de dénégation prolongé et baissa la tête.

— Non ! C'est pas ça ! Il m'avait tué une chèvre à coups de pied trois jours avant parce qu'elle ne donnait plus de lait et qu'il avait bu. Vous avez déjà vu mourir une vieille chèvre ? Je n'oublierai jamais ses yeux d'or se fermer !

Elle se jeta contre mon épaule et se mit à pleurer. Elle s'agrippait à moi comme un naufragé à une épave. Elle ne pensait pas à moi comme à un homme mais comme à un être qui peut-être la comprendrait.

— Je lui avais dit que je le tuerais !

Elle était toujours vêtue de son poncho à tête de

Che. La barbe de l'insurgé était à hauteur de mes yeux. En quel abîme s'étaient évaporées les convictions de la chevrière depuis devenues caduques ? Qu'est-ce que c'était que cette tête d'homme barbu, la poitrine barrée du fusil dérisoire ? Le tout élimé par tant d'usage jusqu'à ne plus se souvenir de ce qu'il représentait quand il n'était pas encore poussière ! Qu'est-ce que c'était dans la vie de cette femme, par rapport à ce qu'elle était en train d'endurer ? Je devais l'arrêter et j'avais envie de la consoler de vivre.

— Qu'est-ce que vous allez faire ? Me mettre en prison ? Et mes chèvres ? Elles n'ont que moi pour les traire tous les soirs !

C'était vrai ça ! Qui s'occuperait de ses chèvres ? Je la regardai au fond des yeux. Nous souffrions tous les deux d'une détresse indicible. L'enchantement qu'elle avait éprouvé et celui que j'avais éprouvé tombaient de nous comme feuilles mortes.

Elle parla tout ce qu'elle savait. Essayer de l'arrêter n'eût servi de rien. Ah j'avais voulu la vérité ? Eh bien, elle m'était servie.

— Il est arrivé comme une masse de chair sans contrôle. Bourré comme une vache ! Il voulait me prendre et n'y arrivait pas ! Je pleurais trop pour pouvoir résister. Il a voulu me violenter mais il était trop vieux pour le faire. Il suait, il sacrait, il haletait. Mais ses doigts de fer me crochetaient les reins, mais il me bourrait le bas-ventre à coups de genou. Il me traitait de tous les noms. Mais vous savez mieux que moi qu'un homme, ça ne bande pas à volonté. Il gémissait son impuissance et moi je le mettais au défi !

» Et puis, tout d'un coup, le silence ! Il s'est mis

par degré à peser sur moi son inertie. Il a commencé à fondre sa graisse et ses muscles, son dentier lui est tombé de la bouche. Il a commencé à se débonder comme un évier qui se débouche. J'étais trempée de sa sanie. Je dois encore la sentir !

— La veille, dis-je, il était allé chez le notaire et il m'avait fait son légataire universel pour la tontine, tellement il avait peur de vous !

Elle sanglota :

— Il est mort sans moi ! J'aurais tant voulu le tuer !

Elle dit encore, en serrant les poings :

— J'aurais tant voulu qu'il me voie l'achever !

Elle se détacha brusquement de moi. Elle me regarda avec haine. Elle devait faire la relation de cause à effet et soudain se souvenir que moi aussi j'étais un homme et que j'étais capable moi aussi de donner des coups de pied dans le ventre d'une chèvre.

Maintenant, elle me regardait avec défi. Il y avait fort longtemps qu'elle avait joui avec moi et qu'elle avait oublié :

— Alors, dit-elle, qu'allez-vous faire de moi ?

— Finissez de traire vos chèvres, lui dis-je à voix basse et soumise. Ensuite, vous rentrerez chez vous. Vous avez quelque chose pour vous laver ? Lavez-vous et oubliez. Ne pensez plus ni à moi ni à lui. Ne pensez plus qu'à vous et à vos chèvres.

Je lui tournai brusquement le dos. Moi aussi je voulais oublier que j'avais peut-être gracié un assassin. Je la détachais de moi, main par main, doigt par doigt. Sans cesse, elle voulait me ressaisir, me garder.

J'eus longtemps les yeux tristes et battus comme

un chien de chasse au coin du feu qui songe au gibier qu'il n'a pas pu étouffer parce qu'il avait trop de sentiment.

Ma vieille carcasse toute couturée d'actes manqués, comme ils disent, enregistrait un grand changement dans mes habitudes. Je n'étais plus, depuis peu, un être rigide qui voulait toujours que justice soit faite quels que fussent les doutes qui l'assaillaient sur la vraie justice. Et il me semblait bien que cette nouvelle attitude vis-à-vis de la culpabilité datait de ce jour où Jolaine m'avait fait découvrir la source miraculeuse et que je m'y étais baigné le visage. Le jour où j'avais contemplé en face les traits sulpiciens et sans regard du bon saint Clair aux yeux crevés. J'étais prêt à justifier devant Jolaine elle-même mon attitude nouvelle et même à lui avouer sa nature et son origine.

Mais Jolaine se tua le lendemain accidentellement. Sans doute sa vieille deux chevaux n'en pouvait plus d'exister ni de survivre à sa rouille. Jolaine versa dans le célèbre virage du pont sur le Drac qui termine la descente de Laffrey en allant livrer ses fromages au marché de Grenoble.

Accidentellement ? Qui peut savoir ? Elle était anonyme, elle n'avait pas d'amis. Elle ne laissa aucune lettre pour expliquer son geste ni aucun regret. C'était un petit être qui aimait la vie comme tout le monde.

Depuis ces événements si rassemblés et surtout depuis les révélations du notaire m'apprenant que j'étais le dernier bénéficiaire de la tontine, je me trouvais dans la désagréable situation d'un renard pris au piège.

Jusque-là, je jouissais paisiblement de ma préretraite, du bon air de Gap et de sa situation incomparable.

J'avais la plus aimable compagnie pour me distraire, à l'aide des vieilles de notre pays, dénichées à La Roque, où j'allais chercher mon pain quotidien tous les trois jours.

Elles m'avaient adopté comme un frère et m'accueillaient à chaque fois presque en triomphe. Elles tenaient en réserve un gros sac d'histoires du Champsaur et moi, de mon côté, je leur avais raconté tout du long celle de la tontine et le grand risque que cet héritage me faisait courir.

Elles en jubilaient d'ailleurs et je les soupçonnais de faire des paris clandestins sur les chances du temps qu'il me restait à vivre. Car à leur époque, les tontines étaient fréquentes pour échapper aux frais de notaire et les bénéficiaires n'en étaient pas toujours les bons marchands.

Elles se perdaient délicieusement en conjectures, chacune développant sa version de l'affaire du cimetière. Je leur avais raconté celle du notaire à laquelle elles ne voulaient pas croire, la trouvant trop triviale.

Mais j'avais passé sous silence le miracle de la fontaine. Je n'osais pas. Elles auraient été scandalisées. Bien que n'allant à la messe que pour les enterrements, c'étaient de paisibles croyantes pour lesquelles l'Histoire sainte n'était pas négociable et ne souffrait aucune variante. D'après elles, le temps des miracles était révolu une fois pour toutes. Elles s'en remettaient au coup de pouce des conciles pour faire cadrer la vérité de Dieu avec la cruauté de la nature et raccommoder, tant bien que mal, les quelques incompatibilités qu'elle présentait.

Je leur laissai les rênes en cette conjoncture et me gardai de risquer la contradiction.

Mais un trouble importun m'interdisait de jouir de ma situation de miraculé, qui s'était mis en travers de ma jubilation et m'empêchait de la trouver commode.

Par surcroît, la mort tragique de Jolaine dans la descente de Laffrey m'obligeait sans cesse à réfléchir à ce pauvre destin, qui démentait le bonheur, lequel était mon penchant naturel

C'était un de ces jours où nous montions à La Roque dans ma voiture avec le juge Chabrand – ai-je dit qu'il avait de très longues jambes pour marcher ? Quand on nous voyait ensemble déambuler sur la promenade, lui arpentant et moi m'efforçant de suivre, tous ceux qui connaissaient notre histoire le prenaient pour Don Quichotte, et moi pour Sancho Pança.

— À ce propos... commença Chabrand.

Il était accroupi en Z, entre la bâche de l'habitacle et le plancher de la deuche.

Je sentais bien que, depuis notre départ de Gap, il brûlait de m'avouer quelque chose d'essentiel. Et c'était quelque chose de joyeux. Il en éclatait littéralement, il n'en pouvait plus de joie et d'orgueil.

— À ce propos...

Plié en deux, le chapeau enfoncé sur la tête sinon il l'eût cabossé contre la capote de la deuche, il était vermeil. La sombre pâleur à la Robespierre qui lui avait jusqu'à ce jour modelé un visage impitoyable s'était empreinte d'une bonasse pitié. Il goûtait la tunique que s'offrait la montagne dans le matin translucide qui transformait les choses formidables, le massif cristallin alpin, en un filigrane fragile, à portée du cœur et de la main, empreint de cette résonance particulière qu'offre la limpidité de ce qui s'interpose entre nous et l'infini. La nature avait mis la sonorité particulière de ce matin-là au service du juge Chabrand. Parfois, il me faisait remarquer tel bouquet de fleurs frissonnant au bord d'un ruisseau insignifiant; telle tige qui s'obstinait à lutter contre l'attraction du courant qui l'aspirait.

Un radical changement s'était opéré en lui qui le transfigurait.

— J'ai lu *Le Chant du monde*, me dit-il tout à trac.

Il hochait la tête interminablement, surpris que la lecture d'un simple livre ait pu opérer de telles mutations dans son antéléchie.

— Je commence à comprendre, ajouta-t-il, pourquoi tant de gens ont voulu être enterrés ici.

Nous étions attirés sans savoir pourquoi vers ce champ des morts cossus, lesquels s'étaient offert des tombeaux si opulents. Nous déambulions en silence, cherchant le pourquoi des choses.

Chabrand laissait errer sur ses lèvres un sourire qui ne lui était pas habituel. Apparemment, être mort était devenu le cadet de ses soucis. Il avait une folle envie de me parler de sa vie. Sa parole débordait des lèvres, puis elle refluait comme une marée. Il était engorgé comme d'un surplus de nourriture, d'une terrible envie de me conter son secret.

— Vous allez rire, me lâcha-t-il enfin, mais j'ai trouvé la femme de ma vie.

Je ricanai :

— Ça ne fera jamais que la troisième!

Je lui avais répondu ça en soupirant. J'étais d'ailleurs modeste dans mes estimations. Je ne comptais pas les fausses passions qui l'avaient happé tout au long de sa vie et les faux prétextes qu'il s'était toujours donnés pour les assouvir.

— Vous pouvez rire, dit-il. Nous nous entendons à merveille pour danser le tango !

— Le tango ! m'écriai-je. Vous dansez donc !

— Je vous en ai menacé le jour où je vous ai avoué que je m'ennuyais terriblement à Gap et que j'allais prendre des cours de danse.

— Le tango ! m'écriai-je avec amertume.

Je joignis les mains au-dessus du volant en signe de scandale navré.

— Parfaitement ! Le tango ! Et j'y prends un plaisir extrême avec elle ! Elle est potelée à souhait ! Nous n'en sommes encore qu'à nous dire « vous » mais j'espère beaucoup plus !

— Mais qui « elle » ?

Il différa de répondre à cette question et il l'éluda.

— Vous avez raison, reprit-il, comme si c'était moi qui lui eusse conseillé cette absurdité, vous avez eu raison de me recommander la danse contre mon immortel ennui !

— Mais je ne vous ai jamais dit une chose pareille !

— En tout cas peut-être pas positivement mais c'est la conclusion que j'ai tirée de votre silence et c'était bien là l'essentiel !

— Le tango ! dis-je pour la troisième fois complètement perdu.

Il me distribuait des banalités sur le ton d'un danseur mondain.

— Oui. Et si vous connaissiez l'instigatrice, et que vous aimassiez le tango, vous eussiez été séduit autant que moi !

— Peut-être mais enfin, contez-moi cette histoire !

— Elle est difficile à imaginer !

Comme tous les hommes en mal d'amour, il croyait être le premier à éprouver ces affres.

— J'étais donc au cours de danse parmi une cour insignifiante de dames humbles et de laiderons sans retour qui hésitaient à sauter le pas, lorsque je vis entrer une véritable amazone...

Ce mot à peine prononcé, le personnage se révéla à moi dans toute sa splendeur. D'autant que Chabrand ajouta, ébloui :

— Musclée ! Les seins débordants du corsage, le visage riant. Quelqu'un qu'on veut tout de suite aimer. Elle avait... dit-il après un silence qui fit remonter la glotte sur son maigre cou.

Il répéta deux fois « elle avait » et esquissa dans l'air de l'habitacle un dessin fugace qui complétait sa pensée.

— Bon ! Eh bien tranchons le mot : elle était callipyge ! Vous êtes friand de ces morceaux !

Je ne sais pourquoi un funeste pressentiment m'envahit. Je me gardai d'encourager les mots à franchir ses lèvres.

Il différait de brosser le portrait de l'amazone. Il était trop ému. Il avait trop envie d'en parler. Je pensais que le meilleur moyen de tout savoir était de ne pas l'encourager dans son récit. Soudain, sans transition, il ajouta :

— Vous vous souvenez de cette pauvre femme

en butte à une sauvage persécution et pour laquelle j'ai signé un non-lieu dernièrement?

Je me retins de dire : « Ce n'est peut-être pas la meilleure chose que vous fîtes. » Je me contentai de branler du chef en silence, attendant la suite.

— Eh bien, c'est elle que j'ai rencontrée au cours de danse !

Il se lança dans la description d'Aurore telle que je l'avais découverte le jour où elle faisait du cheval d'arçons en son manège et à mesure qu'il parachevait son portrait, je pouvais me convaincre qu'il avait éprouvé la même émotion libidineuse que moi, pauvre sexagénaire, mais que lui, il avait le pouvoir de l'assouvir.

Il me fit un long panégyrique de la dame que j'écoutai à peine car je me rendais compte, à mesure qu'il parlait, que sa nouvelle connaissance n'avait fait aucune allusion à ma visite et qu'elle m'avait passé sous silence.

Il se dissimulait tant qu'il pouvait sa convoitise, derrière leur commun amour du tango.

Je n'avais jamais vu Chabrand en telle ébullition charnelle. J'en conclus qu'Aurore devait lui tenir la dragée haute, ce qui est toujours propice au développement du désir.

— Elle a les pires ennuis avec ses enfants, me dit-il tout à trac, et comme elle est mère avant tout...

Comme je conduisais, je devais être attentif à la route mais à sa parole tout attendrie, je devinai de quel soin il entourait la personne de son nouvel amour.

Après un long silence où il savourait avec plaisir son personnage, il me dit :

— À vous, je vous dis tout ! Savez-vous ce qu'elle

m'a avoué dans le parc de Charance, l'autre nuit où nous nous promenions au clair de lune ? Je tentai de l'enlacer et de l'embrasser. Elle a détourné la tête et elle a dit, comme au supplice, à la fois tentée et résistant à l'attrait. Elle m'a dit : « Je vous en prie ! Laissez-moi le temps de faire mon deuil ! »

— Comment ? Vous ne l'avez même pas encore embrassée ?

— Non ! m'avoua honteusement Chabrand. Et j'ai même l'intention de ne le faire que durant notre nuit de noces !

— Mais vous...

J'allais lui dire qu'il n'y avait pas trois jours encore, sa chère amie était soupçonnée d'avoir tué deux maris sous elle. Je n'en eus pas le temps.

— J'ai honte ! me dit Chabrand, de l'avoir à un moment si outrageusement soupçonnée.

Cette conversation m'esbaudissait. Je ne parvenais pas à concevoir que les choses se fussent développées de manière si foudroyante que Chabrand en eût été déjà au point de songer à convoler.

Comme pour souligner ma pensée, il me dit :

— C'est effrayant (son ton démentait ses paroles, il était au contraire au comble de la satisfaction), c'est effrayant, répéta-t-il, comme l'amour peut se développer si vite entre deux êtres !

Il faisait cette découverte dans le plein éblouissement de sa trentaine énamourée. Son légendaire sens critique dès qu'il s'agissait d'autrui, ici le laissait nu et cru face au simple désir.

J'en conclus que le talent de la dame comportait plusieurs facettes et qu'elle était bien capable de s'ouvrir le flanc une troisième fois pour écraser sous elle un troisième mari afin d'assumer les coûteux besoins de ses enfants.

Il y avait bien une objection à ce scénario : c'est que Chabrand n'avait pour toute fortune que les maigres émoluments d'un juge d'instruction. J'aurais dû examiner cet inconvénient au lieu de me précipiter dedans.

Je me creusais la tête pour savoir ce qui s'était réellement passé entre Aurore et lui car il n'y avait aucun doute à ce sujet : si le juge d'instruction était, si peu que ce soit, familier de la suspecte, il risquait la mise à pied, peut-être la révocation.

Et dans ce domaine, le fait même que mon intrusion chez elle n'ait jamais été mentionnée par Chabrand prouvait assez qu'elle ne l'en avait pas averti. Je n'avais pas dit, lors de ma première visite, qui j'étais, toutefois mes chaussures à clous et mon allure benoîtement sans malice devaient avoir alerté la suspecte pour qu'elle en parlât à Chabrand puisqu'ils étaient du dernier bien. L'étrange silence de tous les deux à mon sujet justifiait le fameux adage que m'avait si souvent rabâché mon grand-père gendarme : «Il n'y a pas de fumée sans feu.»

Quand je bifurquai à l'embranchement des Barraques pour m'engager sur la route de La Roque, la voiture dut laisser le passage à un convoi de gendarmerie qui ne me dit rien qui vaille. Une estafette me fit signe sans ménagement d'avoir à me garer pour livrer passage.

— Qu'est-ce que c'est? dit Chabrand.

— Ça m'a tout l'air d'être un transport de justice.

Chabrand abandonna à l'instant le panégyrique d'Aurore et moi-même je commençai à être inquiet sans savoir pourquoi. Sur les trois kilomètres qui nous séparaient de La Roque, j'essayai comiquement d'accélérer l'allure de la deuche sans y parvenir, car j'avais vu au milieu du convoi un fourgon qui m'alarmait. Mais ma voiture était conçue pour conserver son allure olympienne quoi qu'il advienne et je n'en tirai rien d'autre.

À La Roque, les vieilles de notre pays étaient agglutinées chez Clorinde. Je les voyais à travers la vitrine qui gesticulaient. Leur attitude révélait assez le scandale qui régnait sur leur âme. Sans même demander son avis à mon passager, je fis demi-tour devant la fontaine.

— Qu'est-ce que vous faites ? dit Chabrand.

— Je suis pris d'un funeste pressentiment.

Je m'engageai sur la route du cimetière et m'arrêtai au pied de la chapelle expiatoire.

De nombreuses traces de roues s'imprimaient dans le sol. Chabrand était déjà descendu. Il avait plu dans la nuit et l'allée centrale qui commandait les tombes était bouleversée par de nombreux piétinements. Chabrand patinait déjà péniblement dans le cloaque sur ses escarpins ; moi, je m'en sortais mieux.

Il ne nous fallut qu'une minute pour constater le désastre.

La tombe du dernier mari de la veuve joyeuse avait été légalement profanée. Les couronnes et les palmes qui la sommaient avaient été provisoirement écartées de la fosse vide et béante. Apparemment, on avait emporté le cercueil sans autre forme de procès.

Chabrand était bras ballants devant ce cataclysme. Moi, j'avais déjà sorti mon portable de la poche et je formais un numéro, c'était celui secret du conseiller Honnoraty. C'est moi cette fois-ci qui ne lui laissai pas le temps de parler. Je criai dans le ridicule appareil :

— Qu'est-ce que c'est que ce cirque ?

Il reconnut ma voix et fut tout de suite au fait. Il était très calme pour une fois comme quelqu'un qui vient de prononcer une sentence.

— J'ai dessaisi, me dit-il, le juge Chabrand de l'affaire de La Roque. Il a été vu en compagnie de la suspecte dansant le tango. Je ne sais pas ce que tu en penses ?

— Mais c'est parfaitement illégal ! Tu veux que je te foute ma démission ? C'est ça que tu veux ? Tu veux que j'oublie les quelque douze affaires que je t'ai démêlées alors que tu n'y voyais goutte ? Tu veux que nous portions la chose devant l'opinion publique ? Si c'est ça que tu veux, c'est facile ! Il y a un moment que je supporte tes coups de gueule et tes algarades ! Cette fois, je te fous ma démission !

Je lui raccrochai au nez violemment. J'étais au bord de la crise cardiaque. Je haletais comme un poisson sorti de l'eau, la bouche ouverte, les yeux exorbités.

Chabrand était glacé à côté de moi. Nous regardions cette tombe bouleversée où la boue qui l'entourait dégoulinait encore, où les fleurs souillées se confondaient avec les lettres en aluminium disparates dont certaines, pas toutes, venaient de sauter et commençaient à transformer l'adieu au cher disparu en un puzzle illisible.

Il ne se passa pas trois minutes avant que le portable grésillât au fond de ma poche. Je ne laissai pas le temps à l'interlocuteur de prononcer une parole ni de vérifier que c'était bien Honnoraty qui était au bout du fil. J'appuyai sur le bouton et je vociférai :

— C'est honteux ! Tu profites d'une loi qui n'est pas encore promulguée mais dont tous les journaux ont annoncé qu'elle était déjà en vigueur ! La réforme de la magistrature ! Attends ! Je n'ai pas fini ! Jusqu'à preuve du contraire, Chabrand reste seul juge et tu commets au nom du gouvernement un abus de pouvoir. Et tu peux être sûr que je vais démissionner et convoquer la presse pour une conférence ! Je me suis tu pendant vingt-cinq ans ! Demain, je déballe tout !

L'appareil ridicule que j'avais en main n'avait à opposer qu'un faible « couic ! » au lieu du sec « couac ! » que les téléphones d'autrefois infligeaient comme une insulte à leurs interlocuteurs, ce qu'on appelait : « raccrocher au nez ».

Mon âme de franc-maçon se révoltait, faisait sauter la bonde, tout ce que j'avais accumulé pendant vingt-cinq ans : l'abus de pouvoir, la dictature dont tous les conseillers Honnoraty du monde se faisaient les fidèles instruments lui explosaient à la face.

Trois minutes encore et l'appareil grésilla de nouveau. Il me parut qu'il le fit timidement, qu'il avait mis une sourdine, presque une tonalité d'excuse.

Je recommençai sur le même registre et sans plus baisser le ton et laisser le loisir de répliquer au sieur Honnoraty.

Mais en même temps, je pus entendre en filigrane la voix très posée et très calme de mon interlocuteur qui, au milieu de mes vociférations, réussissait à glisser la voix de la raison, laquelle égrenait :

— Pendant que Chabrand, intraitable, déclarait qu'il n'y avait pas lieu, les héritiers déconfits ont trouvé dans leur boîte aux lettres une missive anonyme accusant le juge d'avoir été vu dansant le tango avec la principale suspecte. À la missive était jointe une photo on ne peut plus explicative.

Honnoraty avait débité cette déclaration au milieu de mes aboiements. C'était plaisant à entendre, tandis que j'étais sourd à mes propres vociférations, que cette constatation assassine.

Ma teinte cramoisie aurait dû alerter Chabrand si celui-ci avait été en l'état de la voir mais le tombeau vide qu'il contemplait le mettait hors de combat comme l'avait fait pour son sosie le péremptoire coup de pistolet du gendarme Merda.

Nous étions là debout, le parlophone une fois refermé et le silence s'étant rétabli.

Les forêts profondes au-dessus de nous et les arrogantes tombes devaient nous contempler avec commisération digérer péniblement notre défaite.

— Je vais te leur coller ma démission, dit Chabrand, son orgueil légendaire lui étant un instant revenu.

— Fort bien ! Et de quoi vivrez-vous ? Vous n'avez aucune fortune !

— J'ai mes bras ! répondit l'orgueil de Chabrand.

Il les avait fort débiles.

— Allons quand même chercher notre pain, on réfléchira après ! dis-je, à la dérive.

Ce fut honteux et confus que nous nous insérâmes dans la deuche et que celle-ci nous ramena, en faisant le moins de bruit possible, devant la boutique de Clorinde.

Il m'avait semblé un instant que le tombeau du dessous, celui du second mari d'Aurore, lequel avait été salement éclaboussé par la boue de l'exhumation, il me sembla, dis-je, qu'il ricanait doucement.

Chez Clorinde, la boutique était trop étroite pour contenir toutes les vieilles. Il y en avait deux ou trois qui tenaient la porte entrouverte faute de pouvoir entrer.

Un bourdonnement d'abeilles véhémentes se condoulait en lamentations de Jérémie. La nouvelle de l'exhumation avait dû faire trois fois le tour du pays.

Jusqu'ici, nous arrivions triomphants chaque trois matins, leur contant les progrès de notre enquête et elles écoutant avec dévotion ce conte de fées.

Aujourd'hui, ce n'était pas trois Érynies qui punissaient mais quinze, dix-huit regards méprisants qui nous demandaient compte. On leur avait esquinté leur chef-d'œuvre. Et c'était nous qui l'avions dissipé, désespéré, anéanti, comme un ballon rouge qui crève et ne laisse plus que des lambeaux naviguant en épaves dans l'air pur. Il n'y avait plus au cimetière de La Roque qu'une tombe vide de rêve.

Tandis qu'avec véhémence Clorinde se faisait le porte-voix de ces dames, me couvrait d'imprécations :

— Et alors ? Et nous ? Vous nous aviez promis une belle histoire de crime ! Nous avons vécu pour elle pendant dix jours. Et alors, c'est déjà fini ?

Elles étaient autour de nous comme si on leur avait dérobé le trésor de Golconde. L'exhumation, à laquelle elles avaient toutes assisté de loin, les avait privées comme s'il s'agissait du tombeau du Christ.

Pour comble de malheur, mes chaussures et celles de Chabrand perdaient sur les losanges de Clorinde, en son magasin, tout leur surplus de boue gagnée devant le tombeau vide. On entendit un seul cri d'orfraie poussé par toutes ces dames scandalisées.

J'essayai tant bien que mal d'expliquer à toutes que la partie n'était pas finie et qu'elles avaient encore de beaux jours devant elles pour imaginer.

Chabrand couvait son chagrin en dépeçant fébrilement sa miche de pain dont il dévorait à coups de dents rageurs d'énormes morceaux.

Notre retraite vers la deuche eut le caractère d'une Bérézina. Nous perdions l'un et l'autre notre surplus de boue sur les dalles de la fontaine.

— Je reviendrai ! dit Chabrand entre ses dents.

Il parlait comme un chef de guerre.

9.

L'affaire dura trois jours. Le temps pour Chabrand et moi de finir notre miche. Nous n'avions plus entendu parler de rien, y compris du conseiller Honnoraty. Personne n'avait envoyé à Chabrand, par téléphone ou autrement, la signification de sa mise à pied.

C'était le jour du renouvellement de notre stock de pain d'autrefois. Étant donné mon pessimisme natif, j'avoue que, plus que l'affaire, la perspective que mon vieux boulanger soit mort le nez dans son pétrin une belle nuit me préoccupait bien davantage.

Sur la route de La Roque, déjà depuis l'embranchement des Barraques, de nouvelles et explicites traces de pneus boueux laissèrent prévoir un autre désastre. Nous les suivîmes avec appréhension.

L'épicerie était vide. Aucune dame n'occupait plus les loisirs de Clorinde.

Au cimetière, une surprise nous attendait. La terre à nouveau était bouleversée. Il avait plu la nuit précédente et le cloaque s'était aggravé.

On avait remis furtivement au tombeau la dépouille profanée. On avait donné quelques coups de pelle sur la fosse pour aplanir le tumulus et pour remettre en place, tant bien que mal, les couronnes et les palmes. Nombre de lettres avaient sauté hors de l'inscription et toutes les fleurs naguère fraîches étaient devenues d'une vilaine couleur uniforme et terreuse. Sournoisement, les tâcherons les avaient à demi ensevelies afin que l'on n'en parlât plus et dans l'attente de la dalle de marbre qui scellerait leur éternité.

Je reçus une *brève*, sans en-tête et rédigée à la diable, qui émanait du conseiller Honnoraty. Signature illisible et négligente sommée de cette note hâtivement crayonnée : « Nul et non avenu. Il n'y avait pas lieu. »

Cette inscription laconique ne réclamait aucun commentaire. Elle signifiait qu'une nouvelle fois le cadavre était revenu à la surface et qu'une nouvelle fois, on n'y avait rien trouvé à redire. Une nouvelle fois, la « mort naturelle » avait été appliquée comme une gifle par le médecin légiste sollicité.

— Il n'y avait donc pas lieu ! répétait triomphalement le juge Chabrand.

Oui mais : les deux autres maris qui eux n'avaient ni enfants ni collatéraux et dont l'héritage avait aussi été détourné étaient définitivement passés par profits et pertes et moi, en tant que bénéficiaire ultime de la tontine, j'étais en première ligne.

À mesure que le juge Chabrand se rassérénait, moi je m'assombrissais.

C'était bien la première fois de ma carrière qu'un juge d'instruction tombait amoureux d'une justiciable pendant l'instruction. Il semblait que celle-ci ne le concernât en rien. Et même, il fredonnait tandis que nous montions à La Roque pour nous ravitailler en pain frais. Depuis qu'il avait lui-même lavé sa promise de tout soupçon, il lançait à tout vent de sa belle voix de basse cette antienne apprise autrefois :

Ne donne un baiser mignonne
Que la bague au doigt !
Ne donne un baiser mignonne
Que la bague au doigt !
Que la bague au doigt !

— Que diable me chantez-vous là ? lui dis-je.

— Ce qu'elle m'a chanté l'autre soir ! J'essayais de l'embrasser, profitant du clair de lune. Elle se dérobait consciencieusement et elle m'a fredonné, moqueuse, ce refrain qu'elle avait déniché je ne sais où.

— *Faust*, Charles Gounod, deuxième acte.

Je me mis à fredonner à mon tour de ma voix de fausset :

Ne donne un baiser ma mignonne
Que la bague au doigt !

Chabrand se boucha comiquement les oreilles :

— Ah non, pas vous ! Je vous en prie ! Épargnez-moi ! Dans votre bouche, ça a l'air d'un blasphème !

— Non, sans blague ? Vous l'épouseriez ?

— Tout de suite si elle disait oui ! Mais elle résiste. Elle me refuse même ses lèvres. Elle me répète : « Donnez-moi le temps de faire mon deuil. »

Il en était tout chagrin. Il avait complètement oublié ce dont elle était accusée.

— Est-ce qu'elle sait que vous êtes sans fortune ?

Chabrand faillit me sauter dessus.

— Vous êtes vraiment terre à terre ! Vous ne pouvez pas concevoir dans votre matérialité crasse que deux êtres puissent s'aimer !

Je me posai la question sans ambages : comment un amour pouvait-il naître à la faveur d'un tango ?

J'étais aussi sidéré que l'autopsie n'ait rien donné et que le conseiller Honnoraty en fût pour ses frais. Il y avait plusieurs jours celui-là que je ne l'avais pas entendu. Il devait être aux prises avec les héritiers véritables et naturels et ne savoir comment s'en dépêtrer.

C'est dans ces conditions que je me résignai à aller voir la veuve joyeuse mais elle ne l'était plus.

La villa s'appelait « Marie-Antoinette », ce dont je ne m'étais pas avisé lors de ma première visite, mais les choses y avaient bien changé.

Rivé sur son siège malcommode, jouant fébrilement avec le clavier de son ordinateur, le fils d'Aurore (je crois qu'il s'appelait Fabrice) voyait en symboles abstraits fondre la fortune captée par sa mère et fondée par trois générations d'expéditeurs de Ribiers.

Depuis quatre jours, la Bourse se dégonflait comme aurait pu le faire une vieille enveloppe de chambre à air poreuse.

D'une grosse fortune et à force d'intuitions géniales, ce Fabrice tant aimé de sa mère avait réussi à en faire une toute petite, ce que venait de perdre en quatre jours la Bourse de Paris. En tout cas, plus de quoi acheter un pur-sang car, pour comble de malheur, le cheval de jumping sur qui comptait la fille pour briller en compétition venait de se casser la jambe. Il avait fallu l'abattre.

Moi, tandis qu'Aurore me contait ses malheurs, je songeais à cette bête superbe sautant docilement son dernier saut pour satisfaire la vanité de sa propriétaire.

Pendant ce temps, Aurore sauvait la face en s'entraînant au cheval d'arçons. Elle me reçut dans son manège comme l'autre fois. Elle n'avait pas bougé. Elle était toujours aussi appétissante.

Une histoire, quand on a de l'imagination, ça se construit à l'emporte-pièce, à grands coups de trouvailles.

Il y avait déjà quelques jours, à force d'insomnie, que j'avais bâti celle que je voulais créer.

J'avais donc à ma disposition deux énergies.

Je devais avoir l'air fort déconfit le lendemain où j'allai seul, car Chabrand, désormais tranquille sur le non-lieu, passait de plus en plus de temps avec Aurore qui lui résistait en marivaudant.

Il se moquait de plus en plus de mon pain d'autrefois. Il avait même, Dieu me pardonne, rendu visite au curé pour lui toucher deux mots du mariage éventuel. J'avais su ça par mes informateurs et j'en avais été d'autant plus mortifié que l'athéisme intransigeant de Chabrand m'était bien connu et ne souffrait pas jusqu'alors d'exception.

J'arrivai à La Roque où ça sentait le pain frais. Le boulanger venait juste de repartir dans sa fourgonnette.

Clorinde, à son habitude, « faisait le bas ». Je me demandai combien elle avait dû tricoter de ces paires de chaussettes noires pour ses amies et connaissances depuis qu'elle était devenue vieille.

Elle était un de ces êtres qui rassuraient, sur qui les ans n'ont pas de prise et qui font partie de la montagne comme les roches qui la composent.

Attirées par l'odeur de pain, ses commensales d'alentour commençaient à s'agglomérer, d'autant qu'elles avaient entendu arriver ma deuche et qu'elles venaient, sans espoir peut-être, raconter la suite de l'histoire. Mais auparavant, elles s'agglomé-raient par trois devant la boutique et se la contaient au plus juste. Il y avait là la Pénélope Bonnabel qui était en train de donner des nouvelles de la nuit à sa voisine immédiate, la Julienne Fauque :

— Il est en train de rendre tout son foie par la bouche. La Julienne en a vidé deux fois le pot de chambre !

C'était un mourant qui avait bien bu et dont ces dames surveillaient l'agonie.

Sous cette nouvelle terrifiante, les deux voisines en raidissaient de peur. Pendant ce temps, j'étais entré et j'avais dit :

— Bonjour, madame Clorinde.

Elle me répondit :

— Bonjour, monsieur Popocatépetl[1].

Elle avait dit ça le plus naturellement du monde et sans élever le ton.

— Qu'est-ce que vous dites ?

— Je dis bonjour monsieur Popocatépetl. Ça vous étonne ?

— Un peu oui.

1. Pour tout ce passage, voir *Le Sang des Atrides*, collection « Folio » (n° 2119).

— Hier c'était lundi. J'ai fait garder la boutique par Éléonore. Je me suis levée à six heures. J'ai pris le car pour Gap et après le train pour Château-Arnoux et encore après le car pour Digne. Qué fatigue ! À mon âge !

Je m'étais assis de saisissement sans y être invité sur la rangée de chaises vides qui attendaient tous les matins les vieilles pour qu'elles poursuivent leur chronique sans fin.

— Vous êtes un beau cachottier, s'écria Clorinde. Vous ne nous aviez pas dit que vous aviez une maison à mystères !

— Oh, à mystères !

— Parfaitement, à mystères ! Entre parenthèses, la Chabassut, elle la fait visiter, votre maison. Que pour dix francs de plus, elle vous raconte l'histoire et elle vous fait tout voir : le lit, le miroir sans tain, le théâtre où la sœur de l'assassin... comment déjà ?

— Électre ! dis-je sans souffle.

— Oui, c'est ça, Électre... Qué drôle de nom ! Et son frère, Au... geste !

— Non ! criai-je. Oreste !

— Enfin... *Qué sien qué siégué,* les enfants. Ceux qui ont vu leur mère faire l'amour !

Si vous aviez connu Clorinde comme moi... Avec ses bas noirs, son visage implacable, et ses chaussons de lisière noirs eux aussi. Ces deux mots dans sa bouche vous auraient fait tressaillir d'horreur.

Pendant que nous parlions, le carillon au-dessus de la porte d'entrée avait fait son beau bruit à trois reprises.

Chaque fois, sur leurs pieds plats, une ou deux doyennes s'étaient introduites dans l'antre et me regardaient sous le nez avec suspicion.

— Aglaé ! Ferme bien la porte qu'on nous entende pas de dehors !

Nous étions tous dans l'odeur du pain chaud comme sous un eider confortable pour nous aider à nous carrer dans nos sièges revêches. Nous supportions l'inconfort stoïquement. Et je compris alors pourquoi toutes les vieilles étaient maigres et farouches. Farouches, c'était la montagne qui les faisait ainsi à son image ; maigres, c'étaient les sièges droits conçus pour ne pas y séjourner, lors qu'elles y passaient de longues demi-heures, à écouter anxieusement ce qui se disait chaque matin dans le champ clos de la boutique.

— Donc, dit la Clorinde, j'ai vu Popocatépetl et j'ai entendu l'histoire. Alors comme on a bien vu que vous étiez embêté avec votre invention et que vous saviez plus comment en sortir, on a décidé de vous aider.

À cet instant, la porte vitrée fut secouée comme si on voulait l'enfoncer. C'était un homme cette fois. Il ébranlait le bec-de-cane tant qu'il pouvait avec l'obstination d'un qui ne comprend pas. Il y avait quarante-cinq ans qu'il venait tous les matins chercher sa miche chez la Clorinde et c'était la première fois qu'il trouvait l'huis fermé. Il n'était pas plus haut que le bec-de-cane et, à force d'être voûté, c'était son dos seul qu'on voyait faire le rond à la hauteur de la dernière vitre.

— C'était rien, dit Clorinde, c'est le Palimpseste Fabre, celui de l'Assistance. Celui-ci, il faut toujours qu'il sache tout.

Elle se leva brusquement, secoua son tablier noir devant la porte fermée comme si elle voulait chasser une mouche.

— Allez ! Allez ! cria-t-elle. Revenez dans une heure ! On a à parler !

Cette parole me fit froid dans le dos. Qu'est-ce que ces Érynies pouvaient bien avoir inventé dans leur profonde solitude ?

Elles étaient maintenant toutes là, assises, tirant leur tabatière avec délices et se poussant du coude. Pour une fois qu'elles tenaient un homme serré entre elles, elles allaient en faire leurs beaux jours.

Il était difficile de les identifier tant elles étaient impitoyablement semblables. J'ai fini par savoir leurs noms. Elles étaient six. Elles m'avaient appris leur vie à force de se la raconter. Elles étaient toutes d'ici. Elles étaient veuves, qui de guerre, qui d'alcoolisme, qui d'accident. Elles avaient résisté victorieusement au destin jusqu'à atteindre au grand calme de la vieillesse qui les avait jusqu'ici épargnées. Elles assistaient à la messe le dimanche, plus pour se distraire que par foi. Et puis, ça leur plaisait d'entendre la cloche dans les grands matins tous semblables, qu'ils fussent d'avril ou d'octobre, et ça leur permettait de repasser la coiffe montagnarde qu'on ne mettait plus qu'aux fêtes carillonnées et en se cachant des petits-enfants pour leur éviter d'avoir honte de leurs grand-mères devant les autres.

Maintenant, les maris disparus, elles avaient gagné une nouvelle beauté sereine qu'elles tenaient de leur race plus que leur hérédité. Une race qui prenait ses racines dans la rigueur du climat qui fortifiait la foi.

Toutes avaient été à un moment quelconque à l'épreuve du malheur et l'avaient surmonté. Une d'entre elles même avait perdu son *novi* trois mois après le mariage, pour la Saint-Jean d'été, l'année où l'on avait fait des feux qui s'éteignaient sous la pluie. C'était le destin le plus tragique des six. Son mari avait été épargné par les salissures de la vie : la guerre, l'alcoolisme, l'adultère. Il était mort à la Saint-Jean d'été, jeune et beau. Elle était enceinte de trois mois. C'était la Thalie Lombard, celle qui est près de la porte. Toujours furtive. Toujours ayant quelque chose à faire, toujours prête à partir. Elle a soixante-huit ans et est fraîche comme une rose. Elle ne s'est jamais remariée. L'homme jeune et beau avait vingt-quatre ans. Il est mort foudroyé en sautant le feu de la Saint-Jean que la foudre venait d'éteindre en même temps que lui. Elle voit encore le sourire de son mari crucifié dans la joie et son corps s'effondrant parmi les braises fumantes. Le temps indifférent a effacé les traces du désastre et l'a laissée en vie. Elle avait un peu d'éclat parce que sa vie était un roman, celle des autres, banale en morts, mariages et désillusions, n'avait aucun relief. Tenez, par exemple, prenez la dérisoire Gertrude, qui devait faire cinquante-trois kilos (on disait qu'un soir de mistral le vent l'avait plaquée au sol). Elle est assise la dernière là-bas au bout. Elle vient de prendre une prise à sa tabatière. Ce qu'il y a d'affreux dans le malheur, c'est qu'on a beau se débattre, il finit toujours par ne pas laisser de traces.

La médiocrité dans le bonheur, d'ailleurs, n'en laisse pas non plus. On croit toujours avoir rêvé les jours heureux. Ils se confondent avec les souvenirs de la nature : « Il faisait beau ce jour-là. »

Moi qui suis un peu plus évolué qu'elles ou qui, du moins, m'en flatte, je les regarde et je lis dans le fond de leur cœur. Quand on leur parle du malheur d'autrefois, elles disent en haussant les épaules « Oh, c'est loin tout ça ! » et leur mouvement de la main rejetant derrière leur dos on ne sait quel fardeau ne laisse aucun doute sur cet éloignement fatal.

Clorinde était en train d'élaborer, pour ses commensales avides de légendes, un programme qui lui donnait en tout cas beaucoup de plaisir.

— Tiens, justement, toi, Gertrude, tu te feras une tête de salutiste...

— Qu'est-ce que c'est que ça, une salutiste ?

— Tu sais bien, celles qui se déguisent en fleur-de-Marie le dimanche avec trois ou quatre trombones et qui font la quête en chantant ! Tu sais bien ! Celles qui ont des chapeaux à la fureur avec un ruban mauve. Et qui chantent faux ! Enfin, une de celles que quand tu les vois, ça te fait passer l'envie de rire.

— Et pourquoi faire je me déguiserais en salutiste ?

— Pour espincher la particulière. Une fois par semaine pas plus ! C'est pas tuant quand même. Parce que le commissaire Laviolette avec ses chaussures à clous et ses costumes de drap bon marché, il ira pas loin dans la connaissance de la dame. D'abord, comme tous les hommes, il se laissera influencer parce qu'elle a un beau cul. Et nous, c'est ses faits et gestes qui nous intéressent, pas sa libido !

Elle disait ça sans souffler et me le disait en pleine figure. Elle me connaissait bien, en somme.

Je devais toutefois rectifier la chose sur un point :

— Vous oubliez la tontine. Je vous ai bien raconté, j'ai intérêt à ne pas la quitter des yeux !

— Ça, c'est pas un problème, vous avez que de tester en faveur de Chabrand, comme vous l'appelez, et vous serez délesté de la menace. Voyons, vous m'avez bien dit qu'entre elle et lui, c'était le grand amour ?

— Oui, mais la tontine, c'est moi ! Et c'est moi et pas Chabrand qui peut la renflouer si elle m'assassine !

La Clorinde balaya mon objection d'un revers de main. Elle ne tenait pas à ce que je me mêle de ça. Je ne savais pas où elle voulait en venir mais je l'écoutais avec passion.

Elle jeta un coup d'œil à son petit troupeau.

— Toi, Solange, puisque tu vas au marché de Gap tous les mardis matin, tu passeras chez la présumée innocente pour lui vendre des œufs frais. Ce serait bien le diable qu'en deux ou trois rencontres, elle ait pas envie de te lâcher une part de la vérité.

Je levai le doigt :

— Vous oubliez, dis-je, que nous ne savons même pas s'il y a eu un crime.

— Nous ferons comme s'il y en avait eu un ! Voyons : vous m'avez bien dit que ses deux autres maris étaient morts sous elle ?

Je fis signe que oui en me rongeant les ongles.

La Solange qui venait de se voir déléguer le privilège d'aller vendre des œufs à la particulière, la Solange était une personne qui affichait son scepticisme en toute occasion.

— Et toi ? Pendant que peut-être nous risquons

notre vie, si c'est une assassine, qu'est-ce que tu ferais, toi, pendant ce temps ?

— J'irai lui tirer les cartes ! J'ai beaucoup fait ça dans ma jeunesse. Ça me rappellera des souvenirs.

La Clorinde avait lâché ça l'air illuminé. Depuis trente ans qu'elle tenait l'épicerie où elle avait succédé à sa mère, c'était la première fois qu'elle régnait en maîtresse sur tout un peuple, les idées lui venaient à foison. Elle finit même par me tutoyer tant il lui plaisait de les exposer.

— Tu comprends, me disait-elle. Tu n'as que de vagues soupçons. Tu l'as vue trois fois cette particulière et tu sais que ses deux derniers maris sont morts à deux ans de distance. C'est tout ! Il faut que nous en ayons le cœur net. Tu me diras, ça nous regarde pas ! Et chacun sait ce qui bout dans sa marmite. Mais enfin, le parler fait parler. Là, tu vois, je viens de te tirer une épine du pied. N'oublie pas surtout demain de passer chez maître Savouillan. Tu lui diras : « Maître, j'ai bien réfléchi, je ne veux pas que la tontine s'arrête à moi. J'ai un élève bien méritant et qui n'a pas eu de chance. C'est du juge Chabrand qu'il s'agit. Je lui lègue ma fortune y compris la tontine. Préparez-moi les papiers. Je passerai signer demain. » Voilà ce que tu lui diras à maître Savouillan. Ou plutôt non, tu y passeras l'après-midi pour signer les papiers. On sait jamais ce qui peut arriver. Et tu oublieras pas de lui dire qu'il peut parler à tout un chacun de sa générosité !

Elle avait dit tout ça machinalement en vendant ses pains au fur et à mesure aux unes et autres, tant et si bien que maintenant, c'était midi et que nous avions oublié tous les deux de mettre de côté celui du juge Chabrand.

Elle me poussa dehors sans ménagement.

— Allez mon beau ! Maintenant, il faut que j'aille préparer mon fricot. Je me suis fait des petits pois d'automne que je te dis que ça, avec juste un sucre et un peu de petit salé ! Je t'invite pas parce que j'en ai juste assez pour moi.

Là-dessus, elle me poussa dehors et retira le bec-de-cane d'un geste sec.

Je mis le pain dans la voiture et l'arôme qu'il dégageait me tint lieu de repas.

Ce jour-là, le silence était feutré qui régnait sur le cimetière. D'habitude, c'était en compagnie de Chabrand que je m'y promenais avec délices. Aujourd'hui, j'étais seul.

D'ordinaire, les gens heureux ne viennent dans ces lieux qu'à des dates déterminées : les enterrements et le jour des morts. Ils se font beaux ces jours-là et pour la Toussaint par exemple, une odeur endimanchée flotte longtemps dans la nuit bien après leur départ.

Le silence des cimetières est plus profond qu'ailleurs. Il y a les soupirs des cyprès qui murmurent leur regret, mais pour celui de La Roque, il y avait en plus ce jour-là ces inscriptions gravées dans le marbre.

Entre parenthèses, j'allai d'abord vérifier si la faute d'orthographe sur celle du deuxième mari d'Aurore avait été rectifiée. Je gravis en hâte (je ne sais pas pour quelle raison) l'allée centrale en zig-zag qui distribuait les tombes. J'arrivai devant celle du deuxième mari d'Aurore, celui qui avait demandé à ce qu'on gravât sur sa tombe ces vers de Paul Valéry :

Fermé, sacré, plein d'un feu sans matière,
Fragment terrestre offert à la lumière,
Ce lieu me plaît, dominé de flambeaux,
Composé d'or, de pierre et d'arbres sombres,
Où tant de marbre est tremblant sur tant d'ombres
La mer fidèle y dort sur mes tombeaux !

Je m'assurai que la faute avait été convenablement rectifiée, qu'on avait bien remis « matière » au lieu de « manière », comme le graveur ignare avait d'abord interprété.

Il ne me restait plus qu'à me perdre en conjectures, concernant la vie de cet homme qui reposait là, seul maintenant, ayant rencontré Aurore, qui sait quand, qui sait où ? Un homme qui fit sa jouissance d'une femme de qualité et que seule sa fortune lui permit de toucher ; un homme qui, en même temps, lisait Paul Valéry ne pouvait être qu'un homme plein de misère. À quel moment avait-il été percuté, avait-il entendu dans son âme retentir la voix du poète jusqu'à vouloir qu'il l'accompagnât dans la mort ? C'était pourtant un homme ordinaire, jouisseur, s'ébrouant dans la vie parmi les jeux de l'amour et ne regardant jamais le ciel. Mais un homme en lui-même n'est que mystère ; pas plus qu'on ne peut faire fond sur lui, l'on ne peut préjuger de sa délicatesse ni de ses réflexes d'amour. J'en ai vu qui venaient de tuer un chevreuil et, dans le même temps, de sauver une araignée du déluge d'une baignoire qui se vide. On ne peut en rien préjuger de l'homme.

L'être nouveau qui commençait à se faire jour en moi et dont je devais tenir compte se plaisait en une espérance coupable, laquelle le rendait indulgent aux légendes depuis qu'un saint de plâtre l'avait relevé de son inaptitude à lire. Tout ça pour s'être lavé la figure avec l'eau de sa source. Il était là-bas, à soixante mètres d'ici, bien installé debout et de la hauteur d'un adulte, mais c'était un homme de plâtre, un homme dont les qualités avaient été vulgairement figurées à l'aide d'un collier de barbe et d'un scapulaire autour du cou.

Assis sur la tombe de marbre qui me gelait les fesses, je commençais à me faire de curieuses réflexions où s'interrogeaient doucement la nature et le mystère.

Là-bas naissait un bruit qui ne fut d'abord qu'un murmure comme un troupeau de chèvres au lointain dont tintent les clochettes.

C'étaient les vieilles qui venaient se chauffer au soleil des tombes. Depuis qu'elles connaissaient l'origine du cimetière et surtout depuis qu'elles savaient que deux victimes d'assassinats y étaient inhumées, c'était leur conte de fées. Les dimanches après-midi comme celui-ci, elles se mettaient un peu propres pour venir respirer l'odeur du crime et se pénétrer du drame qui s'en dégageait.

Immuables sur le chemin malaisé où elles aimaient à se tordre les chevilles, elles prenaient la suite de leurs mères et grand-mères, lesquelles, comme leur descendance, n'avaient jamais eu envie d'aller voir en Valgaudemar, ni en Valjouffrey si le soleil s'y levait mieux qu'ici. Le Champsaur leur suffisait.

C'étaient des âmes simples qui n'avaient envie que de se raconter des histoires où le réel et le supposé leur dessineraient un chatoiement de couleurs propres à les éblouir et depuis qu'elles avaient appris qu'un poète, jadis, désigna leur pays comme le plus beau du monde, elles n'avaient jamais plus eu envie d'aller voir ailleurs si c'était vrai ou faux. Leur vie leur suffisait. Elles n'avaient aucune curiosité pour la scène du monde.

Je les regardais monter péniblement vers moi en zigzaguant parmi les tombes. On eût dit qu'elles s'acheminaient lentement vers leur dernière demeure mais en tout cas, c'était en toute gaieté car j'entendais s'égrener leurs rires.

C'était dimanche aujourd'hui et un bel après-midi régnait sur ces tombes cossues et somme toute heureuses, assorties à la beauté de la montagne et à ces échos de cloches qui frappaient le cristal de l'air et qui montaient lointaines ou plus proches, de toutes les vêpres annoncées.

J'entendis au loin sourdre une conversation haletante qui se rapprochait lentement de moi. Je happais l'instant avec un étonnement sans bornes, je m'y accrochais, je le retenais, je le freinais : les cloches, les pas des vieilles trébuchantes, le soleil immobile par là-dessus ; l'Obiou et Chaillol-le-Vieux resplendissants de tous leurs cristaux de roche car c'était une étrange chose que de percevoir la vie tramée inextricablement entre le mouvement et la fixité ; que les éléments immobiles et captifs de la terre eussent tant d'importance pour ces êtres éphémères destinés à passer si peu de temps parmi eux. Il y avait de quoi rester cloué sur place par la réflexion et ne jamais plus en bouger pied ou patte.

J'eus soudain la furieuse envie de savoir ce

qu'elles pensaient en réalité de moi, de Chabrand, d'Aurore du Plessis et même de maître Savouillan. Il m'apparut que c'était de leur conversation que surgirait la vérité car ces vieilles constituaient, à elles seules, le tissu conjonctif du pays.

J'allai me dissimuler derrière la tombe chaotique où était vrillé au marteau-piqueur dans le granit ce seul nom : *Maudru.* Il y avait au pied du monolithe une sorte de ressaut qui permettait de s'asseoir. Je m'y blottis tant bien que mal.

De là où j'étais, je dominais et tapi à plat ventre sur le socle de Maudru, je pouvais les entendre et les voir. L'inconvénient, c'est que le grès du monolithe était particulièrement rugueux.

Elles arrivaient, elles s'éparpillaient autour de la tombe neuve de trois ans à peine, où un être mystérieux avait voulu que soient gravés les vers de Valéry. Elles se laissaient choir vannées sur le marbre noir; non sans avoir disposé sous leurs fesses, aujourd'hui disgracieuses, le coussin bourré de son qui devait dater de leur grand-mère. Elles le tapaient, elles l'aplanissaient, s'y affalaient à bout de souffle.

— Ouf! Eh beh! Heureusement qu'on nous portera pour arriver jusqu'ici, quand nous serons mortes!

Ces sortes de plaisanteries courantes étaient accompagnées de grands éclats de rire. De là où j'étais, je les surplombais et je voyais leurs coiffes s'entrebattre et opiner quand il y avait lieu.

— Viens pas dire! soufflait la Clorinde qui, d'après les mots que j'entendais maintenant, n'avait pas cessé durant toute la montée de tenir le dé de la conversation. Un homme qui a vécu ces sortes d'horreurs que m'a racontées la Chabassut, c'est pas un homme normal !

Et ce disant, elle assommait à grands coups de main ouverte son coussin qui rendait un nuage de poussière. Elle en assommait l'inscription de Paul Valéry et elle se laissait enfin choir sur celle-ci sans vergogne. Les cinq autres l'imitaient dans leur ordre d'arrivée. C'était commode, cette sorte de banc, quoique froid, qui permettait de s'installer à la queue leu leu et en même temps, pour celles qui étaient un peu dures d'oreille, de saisir tout ce que la voisine disait.

— *Oïe qué !* Tu le crois, toi, tout ce qu'elle t'a dit, la Chabassut ?

— Ça peut pas s'inventer ! soufflait la Clorinde.

Maintenant, elles étaient toutes casées, cinq ou six, je distinguais mal, tant elles remuaient, changeaient de place, se mettaient debout pour prendre plus commodément une prise de tabac dans la tabatière de la voisine car elles étaient seulement trois qui en possédaient une. Les trois autres puisaient sans vergogne dans celle d'autrui. Celle de Clorinde était le plus souvent sollicitée. Elles devaient toutes avoir décidé qu'étant commerçante, elle était la plus riche et en tant que telle devait être corvéable à merci. Et d'ailleurs, Clorinde ne s'en défendait pas.

— Qu'est-ce que tu en penses, Marcelle ? Tu crois que c'est une bonne idée, celle que j'ai eue ?

La Marcelle Bonierbale ne répondit pas tout de suite. Elle était occupée à mesurer de sa main à pan ouvert la distance qui séparait son nez de son menton. Ce tic lui était venu en vieillissant.

— Le seul moyen de savoir, c'est de voir.

— Moi... ça me paraît pas clair, cette amitié du commissaire avec le juge. Il faudrait pas que nous fassions fausse route.

— *Oïe* tu crois qu'ils en seraient ? On les voit toujours tous les deux ! Ils achètent leur pain ensemble ! Tu crois qu'il faut pas être un peu momo pour venir chercher son pain à La Roque ! Monter le col Bayard, alors qu'il y en a à Gap au moins quinze de boulangeries !

— Sûr que...

— *Oïe* vous en voyez partout !

— Mais c'est que ma pauvre, y en a partout maintenant ! Regarde : tu l'aurais cru, toi, du Briançon, le marchand de bois, avec le Blanchon, le pâtissier ? On voit qu'eux partir le panier à la main pour aller soi-disant aux champignons !

Voilà à quoi on s'expose quand on veut absolument savoir ce qu'on pense de vous. J'étais aplati sur la tombe du Maudru, le menton à même le grès. Je les entendais clapoter d'indignation et je ne pouvais pas surgir au milieu de ces harpies pour leur filer une bonne tannée sur leurs fesses minables.

— Si nous revenions un peu à ce qui nous occupe et qui sans nous ne se produira peut-être pas ? dit la Clorinde. La semaine passée, j'ai profité que j'avais à faire à Gap pour aller faire un tour du côté de la particulière. Ma pauvre, c'est la Bérézina ! Tu entres comme dans un moulin, tu rencontres personne ! Je suis allée jusqu'à la cuisine sans trouver âme qui vive ! La fille y pleurait assise devant la toile cirée vide ! J'ai passé devant le bureau du fils, y m'a même pas vue ! Il était devant sa machine... Comment tu l'appelles déjà, Béatrice ?

— Un ordinateur, dit la Béatrice Fouques qui comptait s'en acheter un pour s'amuser.

— C'est ça, un ordinateur ! Il le regardait comme s'il était hypnotisé !

Moi, Laviolette, tapi sur mon rocher, je me disais qu'il y avait de quoi : la Bourse chutait aussi vite qu'un homme choit d'un précipice au milieu d'un cauchemar. Il y avait de quoi être hypnotisé. La veille, le CAC 40 avait laissé six pour cent sur le carreau.

— Pendant ce temps, poursuivit la Clorinde, la particulière était toujours au gymnase en train de s'entretenir au cheval d'arçons. C'était le seul spectacle de la maison qui fût agréable. Mes chères, si vous aviez vu ce cul ! Ça m'étonne pas qu'elle ait tué deux maris sous elle, elle a de quoi !

Je risquai un œil par-dessus le ressaut de mon rocher : la Clorinde avait la prunelle allumée comme si elle avait été un homme.

— Et elle a pas eu peur de voir cette vieille devant elle ? dit l'Hermerance Viguier.

Celle-là, elle ne manquait jamais une occasion de souligner les imperfections d'autrui. Je l'avais déjà remarqué à l'épicerie.

— Qué vieille ? J'étais pas si vieille que ça ! Et si tu avais vu mon regard ! Elle pouvait pas s'y tromper. C'était de l'admiration !

— Qué culot, dit l'Hermerance Viguier. Moi, j'aurais jamais osé !

— Vous la voulez, votre histoire, oui ou non ? Parce que si nous comptons sur ce Laviolette, nous pouvons toujours courir. Il m'a l'air d'être aussi sec d'imagination que le saint Clair de la source ! De deux, qu'en ce moment, il a plutôt l'air préoccupé par son propre drame. Je vous en dis pas plus...

Elle ne leur en disait pas plus ! Quand je m'étais dissimulé derrière le mausolée Maudru dans l'espoir d'entendre la vérité sur moi, je ne me doutais pas que la Clorinde descendrait aussi bas dans la représentation de l'abjection. Moi qui, lorsque j'étais enfant, n'embrassais jamais un homme, fût-ce mon grand-père, de peur que cette chose-là dont tout le monde parlait fût contagieuse, et la hantise que j'en fusse atteint.

— Et qu'est-ce que tu lui as dit, à la particulière ?

— Ah là, je crois que j'ai été assez sublime ! « Madame, je lui ai dit, excusez-moi de vous importuner mais – qu'est-ce que vous voulez ? – je suis une pauvre femme à la retraite des vieux, alors je me suis mise à faire la cartomancienne. Si vous voulez, pour cinq euros, je vous dévoile votre avenir. Quand j'étais petite, j'étais réputée pour ça. Y en a même un que j'ai essayé de lui sauver la vie mais il m'a pas crue ! Il y est monté quand même dans son avion ! On l'a jamais retrouvé ! Ni lui ni les soixante-huit autres », je lui ai dit !

— Et elle t'a crue ?

— Quand on dit une chose qu'y a une chance sur deux pour qu'elle soit vraie, on vous croit toujours ! Elle a poussé un gros soupir et elle m'a dit : « Malheureusement, ma pauvre femme, cinq euros, c'est trop cher pour moi ! Si vous saviez dans quelle situation je me débats ! Ma fille, son cheval s'est cassé la jambe ! Et mon fils, il veut se suicider parce qu'il a perdu beaucoup d'argent en Bourse ! » Je me suis exclamée, je me suis condoulue avec elle. J'ai claqué mes mains l'une contre l'autre. J'ai dit :

« C'est possible tant de malheur ? – Oui, elle m'a dit. Et pour comble, j'ai perdu mon mari que j'adorais ! Je peux même pas lui payer la belle tombe que je lui avais promise ! » Là-dessus, elle s'est assise sur son cheval d'arçons et elle a éclaté en sanglots. Ma belle, je savais plus où me mettre ! J'étais moi-même aussi lamentable qu'il était possible ! Je portai une main prudente jusqu'à sa chevelure blonde sans un poil blanc. Je lui prodiguais des paroles compatissantes. Elle secouait la tête pour me signifier qu'il n'y avait pas d'issue à sa situation. « Puisque c'est comme ça, je lui ai dit, je vais vous la dire quand même la bonne aventure, quoique les cinq euros m'auraient bien fait besoin pour manger ce soir ! Mais vous m'êtes tellement sympathique et vous avez eu tellement de malheurs ! » La pauvreté partagée, ça active la confiance. Si vous m'aviez vue avec mon cabas en toile cirée tout fissuré et dégonflé à mort !

— J'ai le même, dit la Félicie Battarel d'un ton pincé. Seulement moi, j'en fais pas cas !

— Laisse-moi finir ! Tu veux que je raconte ou que je me taise ?

— Raconte, dit la Félicie d'un ton soumis.

— Parce que si vous m'interrompez tout le temps, moi, je perds le fil et vous saurez jamais l'essentiel.

Le silence total suivit cette déclaration. Même moi, derrière mon rocher et malgré mon indignation, j'avais envie de savoir.

— Donc, dit la Clorinde, j'avais mon cabas complètement dégonflé, du type à ne contenir qu'un porte-monnaie atrocement sans un sou, avec juste au fond un peu de poussière d'argent liquide vieille de peut-être trois ans !

Les six regards des six vieillardes avaient détourné leur attention vers la tombe semblable à un terrain vague et qui ne serait peut-être jamais sommée de ce marbre de Carrare dont toutes les autres s'enorgueillissaient.

— Alors, dit l'Hermerance, ce pauvre mesquin, il aura même peut-être jamais sur lui cette tombe qui lui ferait tant besoin ?

Elles s'étaient levées, elles avaient abandonné leurs coussins sans couleur à force d'être sales. Elles contemplaient cette pauvre terre détrempée où dans quelques jours, quand le sol se serait tassé, on ne saurait même plus retrouver l'emplacement du corps. L'histoire que la Clorinde était en train de leur raconter ne les intéressait apparemment pas.

— Si vous revenez pas tout de suite, menaça la Clorinde, je vous dis plus rien. Vous croyez que c'est brave de parler devant un auditoire vide ?

Elle tendait le bras, paume en dessus, pour simuler le geste d'Aurore lui livrant son avenir.

— Et alors, ma belle, j'ai vu toute sa vie dans sa main ! Les deux maris morts sous elle... et le troisième qui attendait son tour.

— Et comment elle les a tués ?

— Ah ça, je l'ai pas vu. Mais je lui ai dit autre chose. Je lui ai dit que ses ennuis allaient bientôt finir. Qu'il y avait un homme qui avait envie de lui porter secours. Qu'elle le connaissait déjà. Je lui ai dit : il a une situation modeste mais il a des espérances. Je lui ai dit qu'il avait des cannes à sucre à l'Île Maurice et qu'il en revendait la bagasse.

— Qu'est-ce que c'est la bagasse ?

— Le résidu de la canne à sucre quand on l'a extrait.

— Tu connaissais ça, toi, la bagasse ?

— Non mais je l'ai inventée. Qu'est-ce que tu veux, elle me faisait tellement peine. Et je lui ai dit aussi, ça embellissait, qu'il revendait la bagasse à une usine d'électricité...

— Là, tu t'avançais pas un peu ?

— Tu t'avances jamais trop avec quelqu'un qui a besoin d'espérer. Bref. Je lui ai fait la description du juge Chabrand. Elle était aux anges ! Je lui ai même dit qu'il était prêt à l'épouser. Mais que surtout, elle fasse bien attention de le faire languir, qu'elle lui donne son consentement que la bague au doigt ! « Oh ça, elle m'a répondu, vous pouvez me faire confiance ! »

— Et tu crois qu'elle pourra tenir ? dit l'insidieuse Félicie Battarel. Tu nous as pas dit y a pas dix minutes que tu avais l'impression que le juge et le commissaire... y avait quelque chose de pas clair entre eux ?

— Et alors ? Tu crois que ça empêche !

Ce : « Et alors, tu crois que ça empêche ! » ouvrit devant moi, Laviolette, qui écoutais de toutes mes oreilles, derrière mon rocher-tombeau, une déchirure brutale dans mes incertitudes. Ce : « Et alors, tu crois que ça empêche ! », c'était l'universalisation du point de vue de Sirius dont je rebattais les oreilles à tout le monde depuis ma plus tendre enfance. C'était l'éclat de rire de l'homme face aux facéties de la nature que je me flattais tant d'adopter en toute circonstance.

Ce point de vue, ces pauvres femmes, veuves, célibataires, anciennes amantes prêtes au tombeau, elles l'avaient depuis longtemps adopté, elles connaissaient instinctivement le mystère pour s'être frottées leur vie durant à ces montagnes impassibles qui les consolaient à tout moment – comme elles pouvaient – d'être témoins sur la terre du désordre apparent de la nature et de ses inconséquences.

— Pour la vraisemblance (car il fallait qu'elle me croie), je lui ai dit, à la particulière : « Pour cette bonne nouvelle, madame, vous pourriez pas me donner seulement deux euros ? Ça me permettrait de faire ma soupe ce soir ? »

— Et elle te les a donnés ? dit la Tiphaine sur un ton incrédule.

— Séance tenante ! Elle les a tirés de son porte-monnaie qu'entre parenthèses, il était aussi plat que le mien !

— Tu n'as pas honte !

— Eh, qu'est-ce que tu veux ! Il fallait bien, pour la vraisemblance ! Mais c'est pas tout ! Vous allez voir comme le destin s'arrange quand il veut.

La Clorinde saisit lentement une prise dans sa tabatière. Elle voulait faire *rebouillir* son auditoire jusqu'au bout pour toutes les interruptions subies pendant son récit.

— Je la remerciai en la saluant jusqu'à terre, reprit-elle, et avec des « Le bon Dieu vous le rendra » à n'en plus finir. Et alors là, ma belle, comme je refermais la porte derrière moi, qu'est-ce que je vois ? La traction avant du juge Chabrand ! Beau comme un astre ! Mis comme un marquis ! On aurait dit qu'il venait faire sa déclaration !

La Clorinde eut un spasme de la glotte qui la lui fit refouler jusque sous le menton.

— Quand même, qu'est-ce qu'il faut pas croire,

dit l'Hermerance Viguier, avec ce que tu nous as dit qui s'était passé entre le commissaire et lui...

La Clorinde éleva la main pour se justifier :

— Je peux pas dire ! Je peux pas affirmer ! J'ai juste eu le temps de m'abscondre derrière la haie de fusains. Je sais pas ce qui s'est passé après !

Il se fit un grand remue-ménage de faux culs chez les douairières. Elles avaient les fesses glacées.

C'est que cette conversation à bâtons rompus avait duré fort longtemps. Le récit, ponctué d'exclamations incrédules, de prises de tabac empruntées de l'une à l'autre ; ou bien alors coupé net par une auditrice pour quelque pipi urgent qu'on eût à satisfaire.

Le soleil venait de disparaître brusquement sous les contreforts de Chaillol-le-Vieux et il s'était mis à faire froid. Il fallait se remiser.

J'entendis les paroles scandalisées qui commentaient le récit. Encore délicieusement ébouriffées par ce qu'elles venaient d'entendre, semblables à un troupeau de chèvres, reconnaissant chacune son étable, les vieilles essaimaient le long de la rue en pente vers leurs maisons voisines où retrouver sous leurs pieds glacés le luxe de leur chaufferette.

Moi, sur mon rocher, j'étais encore bouleversé d'indignation. Mon menton en tombait. Il s'abattait douloureusement sur mes mandibules, tant il était révolté.

Je restai dans cet état d'anéantissement jusqu'à ce que les voix de mes Érynies se soient éteintes au lointain.

J'avais ouvert la boîte de Pandore en voulant absolument connaître ce qu'on pensait de moi. J'en avais pris pour mon grade. Je ne l'avais pas volé.

10.

Ainsi, sachant maintenant ce que pensaient (pensaient !) de moi les vieilles du pays, j'étais en même temps en plein désarroi moral à cause de ma miraculeuse guérison.

Je reçus de l'adjoint de l'évêque une curieuse missive. C'était un homme que j'avais connu pendant la Résistance et je me souviens qu'il était tireur d'élite en ce temps-là. Je l'avais perdu de vue et j'avoue que sa signature au bas de la lettre me surprit car je l'avais oublié.

Il y a ainsi des pans de notre vie qui s'effacent opportunément de notre mémoire comme ces inscriptions lapidaires soudain interrompues pour toujours par un caprice de l'érosion ou par un tremblement de terre qui les fait s'écrouler en poussière dans le passé.

C'était un gros rougeaud quand je l'avais connu. Je le retrouvai ascétique et pointu. Alors qu'il était disert et vantard et se sachant le meilleur gré du monde d'être ce qu'il était, l'état ecclésiastique, en le polissant, en avait fait un personnage peu prolixe.

J'aurais plaisir, disait la missive, *à te revoir, si tu pou-*

vais pousser un de ces jours jusqu'à l'Archevêché. J'y exerce la fonction de secrétaire.

J'accédai à son désir et, un matin où les tâches administratives me laissaient quelque loisir, je lui rendis visite.

Nous fîmes le tour de notre passé. Comme il était plus grand que moi, il me prit par l'épaule et me fit faire le tour de son bureau en m'interrogeant.

— Tu es toujours franc-maçon ? me dit-il familièrement.

— Comme toi, tu es toujours évêque *in partibus* !

— Tu es toujours le même, répondant à une question par une autre ! Non ! Je te dis ça parce que l'autre soir, tu as été surpris par une de nos bonnes âmes achetant un cierge pour l'autel de saint Clair ; c'est le bruit de la grosse pièce que tu glissais au tronc du reliquaire qui a alerté une ancienne enfant de Marie. On t'a suivi allumant le cierge à un autre cierge et en méditation devant la statue du saint après avoir fiché ledit cierge parmi les autres offrandes. Qu'est-ce que tu dis de ça ?

Il fallait réfléchir vite. La chose était malheureusement vraie. J'avais beau être venu tard, il s'était trouvé une âme sensible encore plus tardive que moi pour me surprendre dans ce geste incongru.

Il m'avait tout simplement semblé qu'ayant reçu un miracle en partage, comme je ne savais pas dessiner un ex-voto, il était convenable de faire brûler un cierge. C'est ce que faisait mon aïeul quand un grand événement heureux lui advenait, ce qui n'était pas si fréquent.

Mon athéisme ni triomphant ni très affirmé pouvait encore s'accommoder de quelque indulgence envers moi-même et j'étais maintenant assez vieux pour m'accorder quelque répit dans mon combat contre l'obscurantisme. Le pari de Pascal me paraissait de plus en plus la seule conduite à tenir qui fût conséquente pour l'homme seul.

C'est ce que j'essayai d'expliquer à mon interlocuteur qui s'évertuait, lui de son côté, à m'attirer au fond de sa nasse. Il avait fait un long séjour parmi les jésuites et n'y voyait pas plus loin que le bout de sa robe. Bien sûr, je n'allais pas lui parler de ce qui m'était arrivé : avoir été choisi facétieusement pour être le siège d'un miracle. Un franc-maçon bénéficiaire d'un miracle, il y avait de quoi faire éclater de rire le monde entier.

Quand mes deux préoccupations principales, celle de la tontine et celle de la veuve joyeuse, me laissaient quelque répit, j'étais atterré par ce qui m'arrivait, je ne me reconnaissais plus. Pendant quarante ans, j'avais été au moins gouailleur avec la foi. Au mieux, celle-ci m'avait laissé tranquille et maintenant, à mon âge plus que mûr, voilà que le problème métaphysique m'atteignait de plein fouet.

L'ophtalmo avait été formelle : j'y voyais bien? J'avais recouvré une vue normale? Je n'avais qu'à accepter cette chose comme une exception de la nature, et qu'est-ce que j'avais besoin de savoir le pourquoi et le comment?

Cependant, le secrétaire m'avait fait l'honneur de son spacieux cabinet, lentement. Ses pieds chaussés de vastes pantoufles noires en cuir de buffle respectaient la majesté du lieu; alors que moi, j'étais porteur de grolles à clous qui rayaient douloureusement le parquet de l'Évêché.

Nous commencions notre deuxième tour. La

bouche du secrétaire, lequel avait gagné dans la promiscuité épiscopale, ses lèvres sinueuses se rapprochaient de plus en plus de mon oreille afin d'y semer la bonne parole.

Nous venions de passer devant une reproduction du tableau de Philippe de Champaigne représentant le cardinal de Mazarin tout d'écarlate vêtu, lequel nous regardait sévèrement. La main du secrétaire abandonna mon épaule. Il mit entre lui et moi une certaine distance. Il se dirigea vers son fauteuil où il s'assit en majesté, m'ayant enfin mis en état d'infériorité manifeste.

Il se retourna brusquement et pointa son index accusateur vers ma minable personne.

— Tu as même remercié le Seigneur ! clama-t-il. L'enfant de Marie qui te suivait pas à pas t'a entendu dire « Merci Seigneur ! » après avoir rallumé le cierge. Par conséquent, tu avais reçu quelque chose ! Vrai ou faux ?

Ça n'était pas possible, je n'avais pas pu dire ça. Et pourtant, c'était ce que répétait machinalement ma grand-mère : « Tu dois à chaque instant remercier le Seigneur ! »

Je serrai les dents et restai muet. J'avais pourtant fort à exprimer et fort à penser.

— Tu comprends, me dit mon interlocuteur sur le ton de la persuasion, il y a des années que nous traquons le miracle. L'évêché de Gap est le plus pauvre de toute la France et une source miraculeuse nous serait du plus grand secours. C'est pourquoi Dieu lui-même s'en est mêlé. Il n'y a pas trois mois, un miraculé a recouvré la vue au bord de la fontaine Saint-Clair à La Roque-en-Champsaur. Malheureusement, il est gégi[1]. Il a reçu le triste privilège de voir Dieu à tout bout de champ. Tranchons le mot, il n'est pas crédible. Alors nous avons établi autour de cette source une sorte de veille et c'est comme ça qu'une paroissienne de bon aloi t'a surpris en train de te laver la figure avec l'eau de Saint-Clair. Tu étais même en bonne compagnie. Et la paroissienne en question nous a bonni en se signant que : « Il lui avait semblé, Dieu me pardonne (je cite), que vous étiez sur le point de "faire pleurer le petit Jésus" ! »

Décidément, si j'avais coulé des jours heureux à Digne, mon transfert ne m'avait pas réussi. Je compris sur-le-champ que l'Église espérait m'enrôler dans ses légions et moi, je voulais que l'affaire restât entre le saint et moi.

Je levai la main pour réclamer l'objection. Je voulais dire qu'un miracle ne s'abattait pas sur quelqu'un qui était sur le point de commettre un péché mortel.

Il était lancé. Il ne me laissa pas le temps de la réflexion. Il me dit que de paroisse en paroisse, on m'avait vu me rendre à Aix chez Mme P..., une ophtalmo mondialement connue. Comment pouvais-je expliquer ça ? Trois jours après avoir bu de l'eau de la source Saint-Clair et alors qu'il était patent que je souffrais de troubles oculaires ?

Je m'enfuis plutôt que je ne pris congé de mon tortionnaire. J'étais sens dessus dessous, jamais trouble importun ne fut pareil au mien. Toutes mes certitudes étaient tombées de moi. J'étais seul au monde, sans appui. Je n'observais plus personne.

1. Être gégi : être illuminé.

C'est à tel point que dès l'abord, je ne vis pas Chabrand, qui descendait de sa voiture anachronique devant la statue du baron Ladoucette, sans que j'en eusse conscience. Je lui passai littéralement sur les chaussures et il dut me héler et même me retenir par le bras pour qu'enfin je le visse.

— Eh bien ! me dit-il, vous êtes bien pâle ?

Je faillis lui dire : « Si votre vie tout entière venait de tomber à vos pieds et vos convictions les plus chères être réduites en poussière, de quelle couleur serait votre teint ? »

Mais c'était trop long. Un simple soupir fut ma seule réponse. Encore était-ce un soupir mezza voce.

D'ailleurs, il n'en eût pas tenu compte. Il était vermeil. Il était tout joyeux. Il avait rajeuni de dix ans. « Ses convictions les plus chères », lui, il les avaient remisées au tombeau de l'oubli depuis aussi longtemps que moi ma Vedette vert pomme.

— Ça y est ! m'annonça-t-il. Elle consent !

— Mais qui ? Mais à quoi ?

J'avais du mal à revenir de là où j'étais. C'est-à-dire enfermé dans le regard d'un saint de plâtre gardien d'une fontaine sacrée.

— Celle que vous appelez irrévérencieusement « Aurore aux doigts de rose », ça y est, elle m'a donné son consentement !

Soudain, ma vieille trogne de policier de seconde zone ressurgit à la surface et aussitôt (comme si j'avais retrouvé une vieille fiche dans mon vieux cerveau), l'affaire pour laquelle Honnoraty m'avait subrogé me revint à l'esprit et j'eus à l'instant à ma disposition un geste irrévérencieux : je vissai d'un geste sec mon poing droit sur le plat de ma main gauche et je m'exclamai, poussé par ma vulgaire nature :

— Non ! Vous avez coïté ?

Combien devait-il y avoir de Laviolette divers qui pointaient en moi à ce moment précis ? Combien devait se manifester ma rustique origine bien qu'un saint l'habitât ? Ce fut Chabrand qui devint livide. Il se redressa d'un pied et me répondit, vexé :

— Non ! Je n'ai pas coïté ! comme vous dites vulgairement. Je suis venu lui demander sa main en toute pureté et elle a dit oui ! Elle a dit oui ! répéta-t-il, triomphant.

Les plantations de canne à sucre et la bagasse inventées par les vieilles de notre pays devaient avoir rendu leur effet tentateur. Mais Chabrand ne savait pas le destin que ces harpies lui avaient inventé dans leur fervente imagination.

Je dus prendre sur moi pour feindre une heureuse surprise et ignorer l'insulte que j'avais méritée.

— Nous ferons publier les bans d'ici trois semaines, me dit-il fermement. Nous signerons le contrat de mariage sous le régime de la communauté universelle. Ainsi, elle héritera de mes biens sans aucune formalité.

Il avait oublié deux choses : primo qu'il n'avait pas de biens et aussi qu'il avait eu deux héritiers de deux femmes différentes.

Mais j'étais chez moi partout où il y avait de l'irréalité. Et, à ce flot d'informations, une guirlande d'idées nouvelles poignit en mon cortex inventif à la vitesse de l'éclair.

Si Chabrand épousait la veuve joyeuse, c'est lui et non moi qui serait en première ligne. Je ne risquerais plus ma vie au cas où je serais induit en tentation et en sus, en manœuvrant savamment, j'avais une chance d'éclaircir le mystère des trois veuvages d'Aurore.

Il suffisait pour cela de pourvoir *réellement* Chabrand d'un héritage que Clorinde lui avait inventé mais qui n'existait pas.

Avec un enthousiasme non feint, je m'écriai :

— Depuis longtemps, je me demandais à qui laisser mon bien : celui de l'oncle et Popocatépetl. J'ai trouvé ! C'est à vous mon compagnon de toujours ! Vous qui m'avez aidé si souvent à découvrir le pot aux roses ! Je vous fais mon légataire universel !

Cet adoubement prit Chabrand au dépourvu et le désarçonna d'un coup à tel point qu'il me répondit en latin :

— *Domine non sum dignus !*

— Mais si ! Mais si ! Je n'ai pas de famille. Vous en êtes parfaitement digne. Et depuis longtemps, je vous considère comme un fils spirituel ! Ce soir même, je fais mon testament en votre faveur ! Ce sera mon cadeau de noces !

Je laissai retomber le silence après cette déclaration fracassante et au bout de ce silence qui avait cloué Chabrand sur place, je laissai tomber :

— À une condition cependant..

— Laquelle ?

— Vous passerez votre nuit de noces chez moi à Digne. Vous vous souvenez naturellement de Popocatépetl ?

— Ah oui ! Cette horrible maison faite d'escaliers, de tours et de balcons à la Roméo ?

— Vous oubliez les girouettes qui somment l'ensemble ? Mais vous vous souvenez bien quand même que je l'ai achetée? Ça me rappelait des choses inoubliables.

Il fit silence longuement. Sans doute dans sa mémoire s'entrechoquaient des lambeaux de regrets mais qu'il ne parvenait pas à mettre bout à bout ainsi que ces traînes de feuilles mortes que le vent capricieux sectionne à terre en longues guirlandes soudain interrompues.

Un temps infini avait passé. Je compris alors que tout le monde ne pouvait pas être un reliquaire. Il y fallait une disposition d'esprit semblable à celle d'un archéologue ou d'un bibliophile. Les hommes ordinaires laissent couler d'eux les souvenirs les plus exquis ainsi que les plus terribles. Comme si les rayons de leur bibliothèque personnelle ne pouvaient que s'évaporer entre leurs mains. Comme si leur mémoire sélectionnait, en vivant, les seuls événements susceptibles de les faire valoir. C'est en vieillissant que les amours connues dans une vie d'homme se décantent et se subliment, quelques-unes seulement et quelquefois un seul surnage et vous aide à vivre et souvent ce n'est pas celui que vous eussiez choisi pour le meilleur.

J'étais peiné que Chabrand ne fût pas frappé de ce qui, à un moment, avait été la préoccupation essentielle de sa vie. Se souvenait-il encore du carrick vert forestier qu'il avait acheté, quand il désirait tant celle-ci, chez Irène de Térénez? Moi oui, lui non, et pourtant je n'étais que le témoin de sa passion, elle ne me concernait pas.

Il pouvait éprouver aujourd'hui le même enchantement qu'alors et ne plus s'en souvenir dans vingt ans.

— Il vous faudra, lui dis-je, un endroit secret

pour abriter votre nuit de noces. Ce n'est pas courant qu'un juge épouse une justiciable et l'on pourrait vous tympaniser à tous les carrefours si c'était ostensible.

— C'est le contraire ! Je veux faire de mes noces un exemple de ce que l'injustice humaine peut se tromper !

Avec derrière moi le coadjuteur rencontré récemment et qui m'avait presque convaincu d'être la victime d'un miracle, je n'avais guère le cœur de penser à autre chose, néanmoins je dis à Chabrand :

— J'avais à l'instant inventé un menu aphrodisiaque qui vous aurait permis de briller toute une nuit mais je comprends très bien que vous aimiez mieux que la pureté de votre amour prévale et que vous préfériez vous montrer un peu malhabile. Mais si vous changez d'avis...

Je connaissais mon sujet depuis assez longtemps pour n'avoir qu'à le feuilleter comme un vieux livre.

— Ah ! s'exclama-t-il, comme interdit.

Il revoyait devant lui le superbe objet de sa convoitise et tenait par-dessus tout à l'honorer comme il convenait.

Il ne m'avait jamais entendu parler de cet oncle hypothétique, lequel bien entendu n'existait pas ; parce que j'avais eu besoin de lui autrefois et que j'avais conservé au fond d'un tiroir comme un secret inestimable la boîte contenant les élytres d'un *Thelephora splendens*[1] qu'un simple bûcheron m'avait offert comme un don unique. « Ça vous

1. Cantharide

attirera, m'avait dit cet homme de bien, une réputation qui vous suivra toute votre vie lors même que le *Thelephora splendens* aura cessé ses bienfaits. » Ils devaient ne jamais cesser pour la bonne raison que je ne m'en étais jamais servi mais il devait avoir conservé son efficacité. Il faudrait vérifier.

— Soit ! me dit-il, après un long silence. J'accepte votre invitation pour notre nuit de noces.

— À la bonne heure ! Vous ne le regretterez pas. Je compte vous traiter comme un prince, vous et elle.

Je m'avançais beaucoup car il me faudrait convaincre la Chabassut de se mettre aux fourneaux ce jour-là.

Quand je venais à Popocatépetl, rarement, elle avait l'habitude de me préparer mon plat préféré, des paupiettes à la financière. C'était de sa part comme un aveu qu'elle m'aurait fait et je la voyais de loin me régaler sans retenue de ce souvenir d'enfance. Mais un repas de noces ! Pour deux !

La Clorinde après leur rencontre ne m'avait pas mâché les mots : « Il paraît que vous la payez mal ! » m'avait-elle dit d'un air pincé.

J'eus beau me récrier, étaler mes largesses, replâtrer de dénégations que je crus rectificatives le beau portrait qu'on avait obtenu de moi, ce fut peine perdue. Les Érynies de La Roque m'avaient taillé un costume sur mesure qui, selon elles, m'allait à ravir. Surtout depuis qu'elles avaient pu y ajouter les précisions fournies par la Chabassut.

Celle-ci accueillit mes prémices de fête du bout des dents.

— Il ne vous manquait alors, dit-elle, que de transformer la villa en lupanar !

Néanmoins, elle consentit à régaler les novis.

Je courus dès l'après-midi annoncer la bonne nouvelle à l'aréopage de La Roque. Je ne sais pas, elles non plus, ce que nous attendions de cette confrontation entre la veuve joyeuse aux abois et son amoureux nouveau riche grâce à moi, mais ce que nous pouvions inventer dans nos suppositions les plus folles était déjà grandiose. Elles accueillirent la chose avec des cris de joie qu'il me fallut bien tempérer et de quelle manière. Car elles se faisaient une liesse que de connaître enfin ce qu'était une vraie nuit de noces grâce au miroir sans tain.

— Naturellement, vous ne pourrez pas y assister car votre témoignage serait controuvé et les avocats auraient tôt fait de vous récuser.

— *Coumo!* Nous récuser! Mais nous sommes de bonnes citoyennes, honnêtes, au-dessus de tout soupçon et...

— Oui mais : vous êtes des femmes et par conséquent en tant que femmes, vous ne pouvez, le cas échéant, accabler une consœur. Les avocats de la partie adverse auraient tôt fait de vous dénoncer d'autant plus que ce que vous auriez vu vous aurait suffisamment scandalisées pour que vos propos ne fussent plus crédibles.

Je ne sais si elles furent sensibles à mes imparfaits du subjonctif mais c'est probable. Le peuple est toujours impressionné par ces excès de grammaire comme s'ils provenaient d'une langue étrangère alors que seule la francerie a su se conserver ce luxe comme un titre de noblesse.

— Oui mais alors, consentit mal gracieusement la Clorinde, vous nous raconterez bien tout et dans tous les détails.

Je compris qu'elle s'était fait de la passion par la chair une image démesurée, une image à proportion de celles que se font les gens avides en ce qui concerne les plaisirs de la fortune.

Mon histoire avait réveillé chez Clorinde qui n'en avait jamais eu aucune le désir effréné d'être saisie par l'imagination. Je compris que je ne m'en déferais pas facilement. Et qu'elle me suivrait le plus loin possible dans ce que je venais d'inventer.

Or, précisément, l'idée qui était en train de germer en moi allait bien au-delà d'une histoire ayant un commencement, un milieu, une fin. Et si je voulais qu'elle ne fût connue que des trois personnages principaux, c'est-à-dire Chabrand, Aurore et moi, c'est que je ne savais pas encore comment elle allait se dérouler. J'allais laisser à ma conscience l'issue qui en découlerait.

C'était encore nébuleux dans mon esprit, comme ces cellules mystérieuses qui, de solitaires qu'elles sont d'abord, finissent par devenir une prolifération qu'on appelle un homme et des tribulations qu'on appelle un destin.

Depuis que j'avais été victime d'un miracle tout en ayant donné des gages notoires de mon incroyance tout au fil de ma vie, un profond mûrissement s'était opéré en mon être. D'autres diront un relâchement.

Je n'étais au départ qu'un policier grossier et sans imagination qui en référait sans cesse au tribunal du fait. Je m'étais affiné au fil du temps. Grâce à mes lectures, je m'étais construit une personnalité, pleine de doutes et de contradictions au contact des réalités.

J'aimais à respirer l'odeur du passé en tous les

lieux qu'il fallait atteindre au soleil brûlant et où il n'y avait plus que le souvenir des conversations en plein mistral qui tonitruaient de par le ciel et qui maintenant n'étaient plus que silence.

Un soir, je descendis à Digne, sous prétexte de donner à la Chabassut mes dernières recommandations avant la noce. Je pénétrai à Popocatépetl comme si c'était la première fois. La Chabassut était dans son antre où elle se confinait, c'est-à-dire la cuisine d'autrefois adornée d'une pièce à housses sous lesquelles les meubles lourds existaient depuis un demi-siècle sans que nul ne les eût plus habités. Les chats, à leur habitude, il y en avait toujours quantités, vinrent protester autour de mes jambes et la queue haute et droite, leur faim perpétuelle. C'était comme si ce fussent toujours les mêmes alors qu'il en était mort des quantités depuis que j'avais quitté Digne.

Je ne fis pas de bruit et me retrouvai tout de suite dans le grand vestibule qui commandait l'escalier.

Le lustre se balançait toujours accroché haut entre les deux étages, balancé par le courant d'air. Je humai l'atmosphère des absents qui avaient tant eu de passions en ces lieux étranges. Je restai un grand moment dubitatif devant le lit breton ouvragé qui commandait la pièce au miroir sans tain où autrefois s'était déroulée la dernière tragédie d'un drame. Je ne savais pas alors que c'était un piège, je l'avais découvert en même temps que ses acteurs.

Aujourd'hui, je voulais seulement en vérifier le bon fonctionnement comme un fonctionnaire zélé et méticuleux vient, la veille d'une exécution, vérifier si la planche où l'on allonge le condamné joue correctement son rôle.

J'avançai lentement vers la porte qui n'avait plus été sollicitée depuis que le transport de justice y avait apposé les scellés. Ceux-ci étaient nettement visibles mais ils étaient devenus noirs, la patine du temps leur avait ôté cette vilaine couleur rouge sang qui les apparente toujours à la cire d'une vieille bouteille mais c'est fallacieux.

La porte du lit breton obéit à l'injonction de mon pied sitôt que j'en effleurai le seuil et sitôt que j'avançai à l'intérieur de la fausse chambre, je vis se soulever le miroir indiscret qui mit le lit à portée de mon regard.

La Chabassut en avait récemment refait la couverture et l'avait embellie d'un surtout tricoté à l'aiguille par sa mère, il y avait plus de cent ans, pour parapher le trousseau de ses noces.

Elle n'avait apporté qu'une seule modification, que je ne lui avais pas demandée, à l'ameublement de ce nid d'amour, c'était une comtoise du Jura qui s'empoussiérait autrefois au bas de l'escalier et qui meublait les nuits de cette demeure par sa familière lenteur d'expression. Son balancier égrenait les heures avec une extrême parcimonie comme s'il avait voulu en retenir toutes les secondes afin de les savourer à loisir.

Il était étrange comme ce lieu n'avait conservé aucun souvenir du drame luxurieux qui s'y était autrefois déroulé. Quatre hommes y avaient goûté leurs dernières félicités et pourtant, j'avais beau flairer l'atmosphère autour de la courtepointe vénérable, aucune trace ne s'y respirait dans l'air. Aucune mémoire n'avait laissé ici sa trace. J'étais le seul survivant de l'événement puisque même Chabrand en avait perdu la mémoire.

Je m'assis sur le lit à la courtepointe pour bien réfléchir à ma situation, pour bien considérer le piège que j'allais tendre et surtout l'état d'âme où je me trouverais lorsqu'il se serait refermé.

La situation de la future épouse s'était encore aggravée. Le fils prodigue venait de se faire agrafer par un escroc classique qui faisait dans la cavalerie. Il n'était pas le seul d'ailleurs, la moitié de la finance haut-du-pavé que la France comptait venait de s'y engluer comme mouche sur miel. Le Marché promettait dix virgule quatre-vingts pour cent par an d'intérêt. Les dix pour cent pour que l'appât fût suffisamment alléchant et les quatre-vingts centimes pour prouver le sérieux de la chose.

Dix virgule quatre-vingts pour cent par an a toujours été le rêve secret de tous les Français, personne ne manqua à l'appât sauf les pauvres, mais ils jouaient au loto, moi-même je m'y risquais quelque peu, ne voulant pas laisser au buraliste la honte de me rendre sur cinq euros quand j'achetais un timbre-poste.

J'avais des doutes quant à l'importance de cet appât. En sus de la villa Popocatépetl, j'avais aussi mis de côté, à force de privations, un petit sac d'écus (trois kilos) qui dormaient à la cave, à côté de quelques bouteilles que je ne boirais jamais. Je fis un jour transpirer le bruit que je faisais de Chabrand, mon ami de toujours, bien qu'ayant trente ans de plus que lui, mon légataire universel.

Clorinde m'assista beaucoup en la circonstance. La mode revint, la misère aidant, d'une floraison de cartomanciennes.

Quand Clorinde s'avisa de ceci, elle tenta de vendre son épicerie et se mit à faire du porteà-porte à Gap. Tout en continuant à chauffer sa première pratique, Aurore du Plessis, et ainsi à surveiller la descente de celle-ci vers la pauvreté sordide. Un jour on vint saisir l'ordinateur chez le fils prodigue. Il n'annonçait plus d'ailleurs que de mauvaises nouvelles. L'impétrant avala un tube d'aspirine Usine du Rhône, ce qui ne suffit pas à le détruire, mais obligea sa mère à avancer encore la date de ses noces.

D'autant que Clorinde avait vu dans les cartes que Chabrand héritait de mes biens. La chose fit d'ailleurs le tour de Gap et Clorinde put s'offrir un bel appartement à la porte ornée d'une superbe plaque noire portant en relief le nom : *Madame Clorinde, extra-lucide.*

Elle avait vu ça au cinéma. Ses tarifs avaient quelque peu augmenté, mais ils s'inscrivaient toujours sous cette humble supplique : « Vous me donnez ce que vous voulez. »

Elle assistait ainsi régulièrement Aurore qui orientait sa vie selon les directives de cette fée qui ne se tenait plus. Elle fut la première à lui apprendre que je faisais de Chabrand mon légataire universel. En revanche, et je ne sais pourquoi, je me refusai à parler de la tontine. Je pensais qu'il fallait à tout prix taire cette bonne fortune qui pouvait aisément se retourner contre moi. J'avais peur, si je l'évoquais, qu'il parût plus simple à Aurore de me faire disparaître moi, plutôt que Chabrand.

Il y eut quelque traverse : personne ne voulut payer le prix exorbitant que Clorinde demandait de son fonds de commerce. Elle anticipait le prix qu'elle lui attribuait, le jour où le cimetière de La Roque aurait établi sa réputation.

Ainsi mourut de sa belle mort le bon pain qu'on mangeait à La Roque car ce pays était le principal client du pauvre boulanger. Il mourut de la mort des beaux artisans, assassiné par la clientèle oublieuse qui se foutait que le pain soit bon. Elle n'en mangeait plus parce qu'on lui avait fait accroire que le bon pain était mauvais pour la santé et qu'il valait mieux manger celui qui avait un nom ronflant, dont le fabricant avait hâtivement appris le métier dans quelque école et qui s'aidait d'un système électronique pour l'alerter sitôt que la fournée était cuite, ce qui ne demandait plus de se lever à trois heures du matin.

Ainsi mourut le boulanger qui servait La Roque.

Ici, il faut faire un retour en arrière concernant l'historique des lieux.

Popocatépetl est une immense maison au large d'un grand parc, construite au XIXe siècle par un satrape pourvu d'une barbe carrée pour faire plus vraisemblable.

C'était un obsédé sexuel grossier, de retour des colonies qui se complaisait en toutes sortes de raffinements érotiques. Notamment, il avait fait ménager dans le grand vestibule une chambre secrète, sans fenêtre, mais camouflée par les portes d'un faux lit breton à vantaux fermés sculptés en plein chêne.

Ce meuble convenable dissimulait un miroir sans tain et reproduit au plafond, lequel offrait dans les profondeurs d'un clair-obscur propice, un lit très bas et large de deux mètres.

Un système silencieux de rideaux à glissières amenait le voyeur, rien qu'en posant le pied sur le sol, à surplomber le lit somptueux et les ébats qui s'y perpétraient.

La propriété était assez vaste pour que le satrape pût s'y faire enterrer. C'était devant la tombe que j'installais ma chaise longue pour prendre le soleil.

Ce satrape se faisait appeler « le Planteur de caïffa », sous-entendant par ce vocable tout un ensemble de qualités qu'il s'attribuait.

Pour Noël, il invitait un petit nombre de planteurs comme lui, tous enrichis dans le commerce du bois d'ébène et nostalgiquement coiffés de panamas et vêtus de lin blanc. Ces jouisseurs en diable amenaient à Popocatépetl des palanquées de femmes multicolores et joyeuses. Quelques-unes étaient légitimes et les autres au petit bonheur.

Le satrape était impuissant et devait se contenter de regarder sur le lit, dont il était seul à connaître le secret, ses convives s'en donner à cœur joie. Circonstance troublante, ils avaient tous, comme lui, le visage tavelé de petite vérole. Comme si les stigmates de l'horreur étaient la marque de fabrique des mauvais vivants.

Or une nuit, le satrape, n'y tenant plus, se rua dans la chambre aux ébats. Muni d'un sabre d'abordage, il fit voler la tête du premier mâle heureux qu'il rencontra dans le lit nuptial. Il y en avait quatre, deux amants et deux femmes. Du sang qu'il fit jaillir des têtes éclatées, le matelas resta spongieux pendant deux années au bout desquelles il fallut le jeter.

Quant au satrape, dans la foulée, il avala un demi-litre de vitriol. Il fumait de toute part comme un feu mal éteint. Quand on releva son cadavre, celui-ci resta en lambeaux entre les mains des pompiers et c'est à la pelle qu'on dut en voiturer les restes jusqu'au cercueil.

Dans son salon, grandeur nature, on découvrit une reproduction fidèle de Delacroix, *La Mort de Sardanapale.*

Il y avait de cela une centaine d'années, les murs de la pièce conservèrent longtemps encore la vilaine teinte brune du sang desséché.

C'était cette chambre que je m'étais mis en tête, pour un dessein dont je concevais encore mal les contours, de réserver à Chabrand et à sa conquête.

C'était l'histoire que racontait la Chabassut pour dix francs de plus à ceux qui voulaient bien l'entendre. Elle leur enlevait l'envie de faire l'amour pour une semaine car à chaque narration, elle ajoutait quelque chose dans l'horreur qui enjolivait la chose.

En revanche, de l'histoire véritable[1], plus récente celle-là et dont Chabrand avait été le héros, elle ne soufflait mot et à une telle distance, le héros lui-même l'avait oubliée à mon grand étonnement.

Mais je savais, par expérience, que les hommes et les femmes peuvent avoir plusieurs amours uniques dans leur vie.

---

1. Voir *Le Sang des Atrides.*

11.

Voici : le piège était bien huilé. J'avais pris mon congé annuel. J'étais revenu habiter mon repaire de Popocatépetl et j'avais augmenté la Chabassut de cinquante euros par mois pour lui clouer le bec. Moyennant quoi, j'étais assourdi à satiété par le tintamarre de l'aspirateur qui faisait fuir les chats complètement affolés vers tous les placards.

J'allais, trois fois le jour, vérifier si mon traquenard conservait ses propriétés. Je ne revis plus Clorinde jusqu'au jour dit. Mais en revanche, j'avais des conciliabules à n'en plus finir avec la Chabassut, pour que les deux amants en leur nuit de noces ne fussent jamais à chercher le bonheur et qu'il fût toujours à portée de leur main.

Pour commencer, et c'était le plus délicat de tout, je dosai la poudre de cantharide, c'est-à-dire seulement les élytres de l'insecte, comme je l'avais vu faire à mon grand-oncle l'herboriste Brédannes, qui le vendait en catimini sur les foires où il sévissait.

— Tu vois ça petit, me disait-il (j'avais quatorze ans), ça te fait bander un homme comme un étalon ! Mais si tu en mets un peu trop, tu te réveilles mort !

La difficulté était le breuvage où j'allais introduire cette infime quantité. Je pensai naturellement au champagne, mais ceci me parut bien commun. L'une et l'autre de mes victimes méritaient d'apprécier bien autre chose.

Au fond de ma cave, il me restait une bouteille vénérable. J'en avais acheté une caisse mais il n'en restait plus qu'un flacon solitaire dans son papier de soie. Les onze autres, je les avais fêtés tout seul, à chacune des affaires élucidées au cours de ma carrière en dents de scie. Et je vous avoue que le sacrilège de la faire boire distraitement par des amants qui penseraient à autre chose me crevait le cœur, mais qui veut la fin veut les moyens. Je tirai donc avec précaution du clayonnage la bouteille réservée à mes héritiers éventuels par testament pour être bue le jour de mon enterrement ; et qui serait là beaucoup mieux employée. C'était un Pichon Longueville Comtesse de Lalande, le seul vin que je n'eusse jamais pris en défaut de trop ni de trop peu.

Le grand jour vint, c'était le 28 juin au soir. Il n'y eut ni concert de klaxons ni envoi de riz par le travers des gueules. La sortie d'église se fit par la petite porte et les cloches ne sonnèrent pas.

Mais au dernier instant, un taxi tourna devant Saint-Jérôme. Il en descendit la mère de Chabrand et ses deux beaux enfants, l'une noire, l'autre blanc. Pendant toute la cérémonie, ils furent là, derrière un pilier, tels des *memento mori.* La grand-mère très digne, mais outragée, mais mal consentante. L'aîné des deux enfants avait voulu arborer un gardénia (à cet âge, on fait fête de tout), mais la grand-mère l'avait jeté au ruisseau.

Aurore toute confuse était sous une résille en vieille dentelle qui l'apparentait à un hortensia. Son visage en partie impassible n'exprimait aucun sentiment.

Seul Chabrand jouait le jeu : il avait l'air d'un jeune marié et, en sous-jacent, quelqu'un qui se rementevait tous les plaisirs inimaginables qu'il se promettait avec la mariée.

J'avais prévenu les novis que sitôt la bénédiction nuptiale prononcée, je les enlèverais et les emporterais vers Popocatépetl où je les laisserais seuls. J'avais pour la circonstance orné de blanc la vieille Vedette vert pomme que j'avais fait vérifier et mettre en état pour la circonstance. Elle brillait comme une pièce d'or, elle avait rajeuni de vingt ans. Dès qu'elle fut sortie du garage, les chats intrigués et la queue droite vinrent bénir les enjoliveurs en la compissant.

Ai-je dit quelque part que je considérais les grands vins comme la suprême aristocratie de la désinvolture et la cuisine solide de nos grands-mères comme un moment de la conscience humaine et le tissu conjonctif de l'humanité ?

J'avais donc profité de l'occasion qui m'était offerte pour expérimenter mon système sur deux individus pris au hasard.

Digne et la Chabassut qui allaient conjuguer la bonne cuisine m'apparaissaient comme le summum de l'humanité par leur humilité et leur désir de bien faire mais sans préjugé aucun. La Chabassut me détestait cordialement parce que je ne la payais pas en fonction de ses qualités mais elle se serait substituée à moi sur la guillotine par considération.

Le grand jour arrivé, elle se surpassa. C'était le plein été, la saison des pommes d'amour que partout ailleurs on appelait tomates et que l'on mangeait sous ce nom avec cette risible structure interne blanchâtre, couleur poumon de phtisique, inventée pour tenir le légume debout pendant tout le temps de sa commercialisation ; tumeurs créées par les obtenteurs et qui ne méritaient plus le nom embaumé qui les rendait évocatrices, qui ne tenaient plus leur saveur que par le pédoncule où se concentrait le parfum de la race (j'écris pour ceux qui savent encore le goût des pommes d'amour !).

J'avais dit à la Chabassut en la voyant hacher au hachoir à main tous les ingrédients du repas.

— Mais est-ce que vous croyez que ça n'est pas outrageant pour un repas de noce ? Des huîtres, du foie gras, passe encore ! Mais des pommes d'amour !

La vieille me regarda de haut en bas.

— Des huîtres, du foie gras et même du caviar, qui a le goût de l'huile de foie de morue, ils pourront en remanger dans huit jours, c'est affaire d'argent. Tandis que des pommes d'amour *espoutides,* ils n'en mangeront plus de leur vivant.

— Qu'est-ce que c'est *espoutides ?*

— Justement, ça s'explique pas, ça se mange ! Ils oublieront le foie gras et les huîtres, tandis que les pommes d'amour *espoutides,* ils s'en régaleront de leur vie ! Et encore ! Moi, malheureusement, je suis bien obligée de me servir du four de la cuisinière !

Quand j'étais petite, ma grand-mère me les sortait du four du Blanc!

— Qui c'était, ce Blanc?

— Le boulanger! Y avait déjà plus que lui qui se servait du bois de pin pour chauffer son four.

— Et après, la suite?

— Une poularde demi-deuil du Mathieu! Y a plus que lui qui élève des cous pelés! Malheureusement, c'est pas la saison des truffes! Et puis les pattes seront pas bleues! Tant pis! Ils s'en contenteront!

— Et le dessert?

— Là aussi, ils devront s'en contenter! Ce sera un flan de six œufs et là aussi, du lait de Mathieu!

Je fis la grimace.

— C'est pas un peu faible pour un repas de noce?

— Ils vous diront ça quand ils l'auront mangé. Ce flan-là, même ma mère savait pas le faire. Il était toujours trop dur! Ou alors il était plein de trous!

Je ne répondis plus rien. Moi aussi, ma mère le ratait toujours, alors que la tante Louise, quand il était renversé sur le plat, il tremblait et frissonnait comme s'il avait peur.

L'éternité se mesure à ces détails ridicules.

Il n'y avait plus qu'à attendre.

Pour Chabrand, en le ramenant ici, je comptais sur le pouvoir de s'abstraire des réactions dont tous les hommes sont capables. Il ne se souviendrait même pas de l'existence de cette chambre ni qu'elle avait abrité ses amours avec Irène de Térénez morte depuis longtemps[1]. Il y avait longtemps

1. Voir *Le sang des Atrides.*

de cela ! Il n'y avait peut-être pas pensé trois fois durant ce laps de temps !

La cérémonie nuptiale fut brève, peu voyante et sans prolongement. Elle eut lieu à cinq heures du soir et fut dispensée de tout accompagnement de cloches. Les enfants d'Aurore furent ses témoins, moi celui de Chabrand.

Les enfants d'Aurore étaient à souhait : radieux. Ils portaient la même tenue qu'à l'enterrement de La Roque, il n'y avait pas six mois, sauf que Rose-Marie, la cavalière, avait parsemé sa voilette de roses pompons. Elle offrait avec sa mère une ressemblance frappante et je laissai ma pensée prendre une dangereuse pente : je me demandai finalement de quel droit j'allais m'immiscer dans les affaires de cette famille ? Et j'allai encore plus loin : dans quel but tant de beauté inutile avait-elle échu chez ces individus sans importance ? Bref. Je vieillissais.

Ce fut moi qui ouvris la porte des félicités. Sur la lourde desserte de délices qui fumait sous tant de merveilles préparées par la Chabassut et qu'une théorie de chauffe-plats tenait à température convenable, le fumet qui s'en échappait les fit s'exclamer.

Dans les verres ouvragés de dessins invisibles et minces à souhait (il ne m'en restait que trois, les moyens modernes de lavage avaient eu raison des autres), avec précaution et sans mot dire, tandis qu'ils jubilaient de remerciements, je fit couler lentement et sans bruit deux doigts de Comtesse de Lalande qu'il n'était pas besoin de flairer pour en reconnaître les qualités. Il se sublimait dans l'étroit espace de cette chambre basse.

Je restai bouche bée au seuil de la pièce car la

Chabassut avait eu encore plus d'imagination que moi ! Je vis avec stupéfaction la literie repliée tel un livre cassé au tiers de ses draps, avec ses deux oreillers blafards à force d'être blancs et aux initiales d'autres novis autrefois fêtés.

Les draps étaient couleur de blé mûr mais la Chabassut devait les avoir tirés de je ne sais quel placard. C'étaient des draps de chanvre – les derniers du siècle ! – rébarbatifs pour y dormir mais les plus propices pour arrimer deux amants l'un à l'autre, et qu'ils s'en souviennent pour toujours.

Le vin les surprit par sa noblesse et les laissa émerveillés, occultant pour un instant leur envie de faire l'amour. M'en faire compliment et me parler de lui à l'instant les contraignit à se contenir.

Je me dépêtrai d'eux comme je pus (ils me serraient le bras). Je leur échappai. Je me retirai sur la pointe des pieds. J'avais chaussé ce jour-là des souliers vernis et mon col s'agrémentait d'un nœud papillon dont la Chabassut, se haussant d'un tabouret, avait cru devoir m'agrémenter la gargamelle. J'avais aussi tiré de la malle à travesti un gilet jaune à motif d'abeilles du plus brillant effet.

À la dérobée, je me contemplai un instant dans le reflet encore factice du miroir sans tain. À la hâte, j'actionnai le mécanisme silencieux utilisé autrefois. La vision n'était plus la même. Chabrand, qui en était pourtant toujours l'acteur, n'était plus le même homme qu'en sa jeunesse. Et ses réactions d'alors, perdues dans la nuit de son temps, il ne s'en souvenait plus.

Et pourtant ! Le désir qui l'animait ce soir était de même essence qu'autrefois. L'homme était devant moi, à peine séparé par une illusion fallacieuse :

très près de moi, impossible à toucher, impossible à entendre respirer, présent comme un rêve sorti de mon imagination.

Et Aurore ? C'était elle, surtout, qu'il convoitait et elle aussi m'apparaissait comme une illusion.

Tout à l'heure, en l'embrassant fraternellement, je la regardai au fond des yeux : il n'y avait rien à noter. Aucun signe d'impatience involontaire, aucun tic, nul tremblement, nul indice de dérangement ni d'angoisse, aucun trouble dans le sourire de bonheur de la nouvelle mariée. Ils n'en finissaient pas de se convoiter, d'être impatients. Malgré le silence imposé par la cloison factice, je voyais leurs lèvres remuer, se dire tout ce qu'elles espéraient.

Tout d'un coup, ils se lâchèrent en pantomime démentielle, je les vis s'arracher leurs vêtements l'un à l'autre et sans précaution. Ils se trouvèrent nus en même temps. Ils se contemplèrent émerveillés, elle son désir invisible et lui glorieusement exposé. Elle pleurait, il lui buvait les larmes au bord des paupières.

Ils basculèrent ensemble sur les draps semblables à des cilices qui leur arrachèrent un cri. Ce cri, je le vis gémir sur leurs lèvres sans l'entendre.

Leur première étreinte fut sauvage. Il me parut qu'ils la subissaient l'un et l'autre avec un plaisir commun mais sans excès ; et qu'ils attendaient autre chose, qu'ils espéraient de plus délicates et de plus recherchées prémices.

Ils subissaient l'angoisse de l'assouvissement, cette sensation de vide qui divise tout de suite le couple, ce malaise indéfinissable et refoulé, dont on ne tient pas compte et qui pèsera sur l'existence future. J'avais suffisamment pour ma part subi cette étrange commotion au cours de ma vie pour pouvoir la palper chez autrui, même séparé de la réalité par un miroir sans tain. Car si tout le monde sait bien théoriquement comment ça fonctionne et comment ça se réalise, nul individu n'a pu encore en connaître d'avance les surprises ni les embûches de la nature pour le rendre moins simple qu'il n'y paraît. Ces choses qu'on ne peut déjà pas se dire après avoir fait l'amour. Ces choses qu'on préférera passer sous silence toute sa vie plutôt que de l'avouer à celui ou celle auquel, il n'y a pas une heure, on a déclaré qu'on l'aimait.

Quelques minutes passèrent dans le silence et l'immobilité du couple qui reprenait souffle et songeait. Je voyais face à moi et grands ouverts leurs yeux qui dans leur profondeur mystérieuse analysaient leurs sensations, et se les communiquaient sans espoir de se faire comprendre.

Je vis Aurore d'un coup de reins se relever et enfourcher son amant. Je ne pus plus surveiller leurs regards dont j'attendais qu'ils me renseignent.

Elle amena son quant-à-soi jusqu'aux lèvres de son partenaire. Il se mit à la boire avec dévotion. J'inventais, je crois, car le miroir ne me renvoyait d'eux que leur silence, et le gémissement de satisfaction qui leur échappa lorsqu'ils eurent conscience que c'était bien ce qu'ils voulaient qu'ils avaient obtenu.

De l'endroit où je me trouvais, si je ne pouvais capter leurs paroles, je pouvais suivre tout le mystère secret de leurs ébats. Ils n'avaient besoin pour leur bonheur que de leurs mains et de leurs lèvres. Et celui-ci, dès maintenant, paraissait bien plus aigu que tout à l'heure leur étreinte corps à corps.

Maintenant, me semblait-il, ils s'efforçaient d'atteindre un but qui se dérobait à mesure mais ils s'obstinaient à sa recherche. Je voyais les fesses musclées en mouvement, ramper vers la bouche de l'amant. Je les voyais à peine, ouvertes, avides, ayant férocement besoin. Tandis qu'il lui effleurait le sphincter délicatement, le survolait, tel un insecte grondeur, en apnée devant le pistil d'une fleur; concentrant tout son art à surtout ne pas étreindre, ne pas tenter imprudemment de glisser son auriculaire dans les méandres des profondeurs frémissantes, prises de convulsions puissantes et terriblement attirantes.

Leur jeu effréné et subtil était d'interrompre soudain tout mouvement, tout geste, toute attente exaspérée, les yeux fermés comme morts, mais je distinguais leur bouche ouverte sur les dents et les langues, en un long ululement ininterrompu qui exprimait à la fois leur déconvenue et l'extrême satisfaction qu'ils en espéraient. C'était leur plaisir savant que de freiner leur désir et de l'augmenter encore par l'attente exaspérée. Se retenir de jouir était leur suprême obstacle qu'ils s'interdisaient de franchir.

Soudain Aurore s'empara comme pour l'engloutir du corps de son amant. Elle surgit au-dessus de lui comme n'en pouvant plus. Je la vis s'épanouir littéralement comme l'onde fait de la mer quand la vague la soulève.

En un clin d'œil, elle lui emprisonna les poignets dans ses mains qui tout à l'heure apparaissaient si petites.

Elle se trouva triomphale assise sur lui mais ne le touchant pas et lui promenant prometteuse sa toison au-dessus de la bouche. Les poils de son pubis étaient animés d'une sorte de brise qui permettait à son partenaire de bien en observer tous les détails en se rapprochant lentement.

Elle leva son ventre jusqu'au visage adverse. Elle s'aidait de ses mains pour l'épanouir et le faire admirer dans toute sa splendeur. J'aperçus que Chabrand ne fermait pas les yeux et qu'il s'apprêtait au contact de sa langue d'en goûter la saveur. J'eus même le loisir, pour la première fois de sa vie peut-être, de le surprendre extasié.

J'assistai en dévot à cette célébration que je n'avais plus éprouvée depuis si longtemps. Le visage d'Aurore était aussi pur que le jour où elle avait reçu sa première communion. J'observai son visage aux yeux fermés, épanoui. Sa bouche laissait psalmodier une longue litanie satisfaite. Elle survolait son amant, comme lui tout à l'heure. Elle tenait à ce qu'il lui fît tout ce dont elle avait toujours rêvé.

Je n'avais non plus deviné que ce Chabrand, flegmatique, fût aussi amoureux du corps féminin ni aussi attentif à lui procurer toutes les sensations que réclamait celui-ci. Ni aussi précis. Il en jouissait comme d'un violon. Si j'avais encore fonctionné dans le domaine de l'érotisme, combien en aurais-je appris cette nuit-là sur l'art de la caresse effleurée. C'était inouï comme sensation que d'observer de près le grain de leur peau et que toutes leurs minuscules imperfections me soient livrées ainsi sans défense.

Un sentiment de honte m'envahissait peu à peu; mais au cours de ma carrière, j'avais éprouvé si souvent ce sentiment-là que je passai outre facilement.

C'est alors que soudain, il se produisit cette chose

imprévisible : je vis Aurore me masquer son amant pour s'être littéralement assise sur lui. En un éclair, ma mémoire la retrouva telle que je l'avais vue, ébloui, chez elle, sur ce cheval d'arçon incompréhensible (pourquoi un cheval d'arçon ?) et qu'aussitôt, elle m'avait fait penser à mon cher Stendhal et à sa vision intense. *Elle était faite comme un ange, si, toutefois, les anges ont de gros culs.*

Eh bien, aujourd'hui, c'était avec cette même royale aisance qu'Aurore avait enfourché ce pauvre Chabrand.

Au tour de reins qu'elle imposa à son bassin en un ultime spasme de joie, je compris son intention.

Elle dominait la minable maigreur du juge et ses muscles dérisoires d'homme de bureau qui s'aplatissaient sous l'assaut de cette chair dangereusement élastique.

Je compris que c'était le troisième mari qu'elle étouffait ainsi dans le dernier merveilleux coït qu'ils avaient connu de leur vie. Et mon imagination fort vive élaborait qu'en cette circonstance dernière, les deux premiers avaient dû lui dire merci en un souffle.

C'est le mot que Chabrand allait exhaler en expirant si je n'y mettais bon ordre.

Toute la tête du juge était ensevelie par tant d'abondance et son effroi était maintenant perceptible à ses mains crispées qui se refermaient sur le vide et battaient l'air, et tentaient, pour la repousser, de s'agripper à cette chair savamment insaisissable et qui se dérobait et glissait comme une anguille. De quelle poudre s'était-elle soigneusement enduite ?

Je devinais aussi, mais c'était plutôt par intuition,

car c'était ce que j'aurais tenté moi aussi, que Chabrand s'efforçait de s'attaquer à la vulve qui lui coupait l'air. Mais il n'avait plus assez de souffle pour parvenir à mordre.

Je me jetai à corps perdu sur Aurore mais pour moi aussi, elle était insaisissable. Les contractions de ses muscles sous mes doigts étaient le fruit d'une longue pratique. Je tentai de la tirer en arrière mais je me heurtai à la force prodigieuse gagnée en un patient entraînement et je me rendis compte avec terreur que cette mise en condition relevait d'un désir de tuer. C'était dans cette intention qu'elle s'était enduite d'une poudre d'elle seule connue et dont elle savait seule l'usage.

C'était devenu une question de vie ou de mort. Je voyais devant moi le bras sans muscle de Chabrand retomber flasque sur le drap.

Dans un dernier effort de mon genou calé contre les reins de la forcenée, je réussis à introduire mon avant-bras sous sa gorge qui offrait une surface dure comme une brique. Je tirai de toutes mes forces. Elle se détendit d'un coup et je compris que ses cuisses desserraient leur étreinte autour du cou de sa victime mais celle-ci ne respirait plus guère que par un gargouillis qui n'allait pas tarder à se transformer en dernier soupir.

Je réussis à tirer de ma poche gauche une paire de menottes. Je haletais comme un asthmatique, je serrais les dents. Je réussis à emprisonner la main droite de cette faible femme dans les mâchoires du bracelet d'acier et je tirai sèchement. Aurore bascula en arrière et tomba du lit et moi, je m'affalai à bout de force, en essayant d'éviter Chabrand quitte à casser le bras de l'amazone. Je la fis basculer en arrière d'un coup de poing. Je lui tombai dessus. D'un mouvement qui m'était familier, je lui emprisonnai le poignet dans l'autre branche de la menotte. J'étais en équilibre instable au bord du lit. Mon nez respirait sur le drap de chanvre l'odeur sublime de l'amour.

La tête de Chabrand reparut au jour, livide. Il avait la bouche béante d'un édenté, un borborygme semblable au bruit d'un évier qui se débonde lui tenait lieu de respiration. Une chose étonnante était que son sexe, malgré qu'il fût à toute extrémité, était toujours érigé.

Tandis que je projetais l'amazone au sol, je l'entendis crier distinctement : « Je l'aimais ! »

La vérité était au fond de ces deux mots. Je pouvais bien, dans l'état où je me trouvais, admettre à la fois qu'elle avait voulu le tuer et à la fois qu'elle regrettait d'avoir failli y parvenir.

À cet instant, j'eus conscience d'une lourde présence à côté de moi. Je sentis le froissement d'une soie noire qui frémissait au pied du lit. Un reflet se fit jour par la trouée du miroir sans tain que j'avais fait éclater. Je me retournai d'un seul bloc. C'était Clorinde. J'avais bien entendu la haute porte de la comtoise craïner quand elle l'avait ouverte. Son apparition toute raide (on eût dit qu'elle avait emprunté à la pendule sa rigidité) me fit l'effet d'un jugement dernier.

J'étais contrarié de la voir là, car, représentant la sotte commune qui végète en tout être, elle risquait de contrarier mes plans, lesquels, d'ailleurs, je commençais à peine à me dévoiler à moi-même. C'était la dernière personne que j'eusse voulu voir assister à cette tentative d'assassinat.

En vérité, il devait y avoir longtemps que Clorinde s'ennuyait dans son épicerie. Mon intrusion dans sa pauvre existence avait réveillé chez elle une avidité de connaître la vie qui l'avait délivrée de tout scrupule.

La Chabassut, qui l'avait reçue, était de son âge. Elles devaient tout de suite avoir fraternisé. Je les voyais toutes les deux, comme si j'y étais. J'imaginais ces deux vieilles au cerveau fertile, se poussant l'une l'autre. D'abord navrées, sortant de la chambre n'ayant rien imaginé, fermant soigneusement le lit breton qui donnait accès au miroir, puis se regardant perplexes, le cerveau en ébullition, puis soudain, sursautant au vacarme énorme qui retentissait dans le vestibule et la cage d'escalier avec son lustre oscillant au bout de huit mètres de fil qui se balançait dans le creux des étages. C'était la comtoise qui protestait de ses cinq heures assourdissantes.

Les deux vieilles, le cerveau fertile, en furent interloquées. Clorinde affolée dut regarder la comtoise de haut en bas comme une ennemie ; la Chabassut dut froncer le sourcil. Toutes deux courroucées qu'il eût troublé leur lente cogitation.

Clorinde dut le toiser, reculant même pour mieux le mesurer.

— Dites-moi, Chabassut, dut-elle dire. Ne croyez-vous pas que maigre et longue comme je suis, je ne pourrais pas y tenir, droite, dans cette comtoise ?

— Ma foi ! dut dire la Chabassut, sûr que, en enlevant les poids, le balancier et la mécanique... sûr que ! Seulement, quand même, vous risqueriez de l'abîmer cette comtoise, que monsieur y tient tant, il vous faudra me donner vingt francs de plus en garantie !

— Vingt francs !

— Bé dame ! Comment j'irai expliquer au vieux que son horloge est défoncée ?

Et maintenant, voici la situation : Clorinde vient de surgir de la comtoise, au bord de la suffocation, les mains toujours cachant ses yeux et psalmodiant des « Mon Dieu ! » éperdus.

Aurore, menottes aux poignets, est prostrée, nue au bas bout du grand lit nuptial. Chabrand les bras en croix étendu renaissant mais crevé d'émotion et d'illusions perdues ; et moi chargé d'une grande idée, peut-être plus grande que moi.

Aurore pleurait. Je l'entendais balbutier « Que vont devenir mes pauvres enfants ? ». Je me souvins de Jolaine, la pauvre morte, ma dernière consolation, disant de même : « Qui s'occupera de mes chèvres ? »

Sans doute pour ne plus la voir, je jetai sur la coupable mon veston de gala. Ce fut ce réflexe stupide qui m'ouvrit les yeux. Sa belle nudité me devenait insupportable dès lors qu'elle ne pouvait plus servir à personne.

Comme des tuniques inutiles, toutes mes idées préconçues tombaient de moi lamentables, tels des lambeaux déchirés qui eussent longtemps obscurci la vérité.

Qu'étais-je donc pour condamner cette pauvre créature ? Moi qui me targuais toujours de placer mon jugement selon le point de vue de Sirius ?

Le saint de plâtre qui m'avait permis de recouvrer une vue normale m'avertissait sans doute d'avoir à ajuster celle-ci à mon comportement vis-à-vis du prochain. En même temps, dans mon esprit, peut-être même à mon insu (jamais je n'avais été si divers ni si indécis), il me semblait qu'un autre personnage était en train d'éclore en moi comme une semence sort de terre.

La vérité était au fond des paroles machinales d'Aurore. J'étais prêt à admettre, dans l'état où je me trouvais, à la fois qu'elle ait été dans l'obligation de tuer Chabrand et à la fois qu'elle eût regretté terriblement sa mort. Les deux choses, d'après moi, n'étaient pas incompatibles : son cœur de mère et son corps de femme avaient dû subir des impulsions contradictoires insoutenables. Pour un peu, j'aurais pu me mettre à sa place.

« Le bien et le mal sont des distinctions arbitraires[1]. » Où avais-je lu cette phrase qui bousculait pour toujours en moi la notion de libre-arbitre et le distinguo entre coupable et innocent ?

Depuis que j'avais été frappé de miracle par l'intermédiaire d'un saint de plâtre et d'une quelconque source de montagne, ma formation de franc-maçon avait chaviré. Et j'étais disposé à croire à tout ce qui n'existait pas. Il faut dire que j'étais tombé chez les « frangins » comme un cheveu sur la soupe, à force de m'entendre dire par mon parrain qui ne l'était pas : « Si tu veux arriver à quelque chose, tu dois devenir franc-maçon ! » Car j'étais nourri de légendes et par fidélité à ma famille politique, je m'y étais tenu.

Est-il besoin de dire que je n'y croyais pas plus

1. Roger Martin du Gard, *Jean Barois*, Œuvres complètes, Bibliothèque de la Pléiade, tome I, page 558, lignes 32-33.

qu'à autre chose car, sur cette petite terre, un homme qui croit en l'homme est un être plein de misères.

Je savais, sans jamais l'avoir appris, que notre cerveau est à moitié vide; des myriades de neurones n'y sont pas encore nées, n'ont pas même encore conscience qu'elles existeront. C'est ça le point de vue de Sirius.

« Le bien et le mal sont des distinctions arbitraires. » Cette sentence lue distraitement autrefois, était éblouissante à mes yeux d'aujourd'hui.

La coupable à qui je venais de passer les menottes, ses victimes m'apparaissaient aussi responsables qu'elle. Elles avaient profité de ce corps superbe que j'avais pu admirer à l'œuvre tout mon saoul pendant plus d'une demi-heure. C'était un véritable objet d'art qu'elle avait déployé devant moi et si ses maris en étaient morts, c'était dans la suprême étreinte d'un bonheur sans égal.

Je pensai derechef à ma chevrière : « Qui va s'occuper de mes chèvres ? »

Les petits pieds d'Aurore sur lesquels j'avais jeté, méprisant, mon veston de cérémonie, je ne les quittais pas des yeux. Ils me tenaient lieu de conscience.

Et ses enfants ? Que vont devenir ses inutiles enfants ? Et était-ce leur faute, s'ils étaient inutiles ?

Toujours les mains sur les yeux, Clorinde était en train de mettre en ordre les images insoutenables et pourtant charmantes auxquelles elle avait été soumise.

Elle était toujours devant la comtoise ouverte et vidée de son mécanisme comme un corps de ses tripes et elle, noire comme une veuve, avec le seul éclat d'or de l'alliance qui brillait à son doigt depuis cinquante ans.

Elle avait beau se voiler la face a posteriori, en réalité, elle avait tout su en étant témoin du paroxysme de l'amour. Elle avait pu considérer elle aussi l'œuvre d'art que ces deux êtres constituaient ensemble.

Nous étions trois en présence d'un mystère de la vie, à le contempler stupidement, à nous en repaître. Il me restait à faire le plus dur de ma tâche pour la journée, celle à laquelle je tenais le plus.

Je m'y jetai sans barguigner.

12.

Je considérai Chabrand, plat comme une limande, seul maintenant sur le lit d'amour, les bras en croix, toujours le sexe comiquement érigé.

Il venait de prononcer la première parole qui confirmait sa résurrection.

— Salaud! dit-il.

C'était à moi qu'il s'adressait.

— Vous êtes un salaud! répéta-t-il entre deux borborygmes dus à sa respiration entrecoupée. Vous me laissiez mourir pour voir l'effet que ça me faisait!

En réalité, je venais d'assister au plus beau spectacle de ma vie, un spectacle d'amour d'une femme sacrifiant l'homme qu'elle aimait au bonheur de ses enfants.

Sauf dans la mythologie grecque, je ne crois pas qu'il y ait eu telle situation dramatique ni qu'aucun art ait su l'interpréter.

«Je l'aimais!» J'avais encore dans l'oreille ce cri qui paraissait absurde et que je devais être le seul à pouvoir interpréter.

Je me mis donc à raisonner en juge. Les deux maris occis autrefois avaient bien profité d'elle. Ils étaient morts à plus de soixante-quinze ans sous ses caresses un peu appuyées. Mais ça ne doit pas être très attrayant pour une femme de trente-cinq ans en pleine possession de ses charmes que d'être obligée de les utiliser pour des étreintes sans amour avec des septuagénaires aux muscles avachis. Ils avaient joui de son corps, ils en étaient morts, quoi de plus juste ? En elle, me disais-je, elle vengeait toutes les pauvres créatures que les hommes avaient avilies. La retraite, à cet égard, devrait être égale pour tous les hommes. Ai-je dit, chemin faisant, que j'étais furieusement féministe ?

Dans ce domaine, en bon amateur de citations en tout genre, je suis de l'avis d'Alfred de Musset : « Quand un homme rencontre une femme, il ne devrait pas lui dire bonjour mais pardon. »

Considérant tout cela, je me résignai à m'ériger en juge alors que je n'y avais pas droit. Mais qui y a droit ? Je me fouillai jusqu'au fond de l'âme. J'avais envoyé tant de coupables moisir en prison et même, j'en avais poussé au suicide quelques-uns qui avaient fort bien supporté de priver leur prochain de la vie mais qui ne supportaient pas, eux, d'être privés d'air.

Chabrand était encore au bord du lit épouvantable, contemplant fixement la place où, tout à l'heure, il était en train de jouir puis de mourir.

Les « salauds ! » dont il m'abreuvait coulaient de lui comme des hoquets. Ses côtes se souvenaient encore d'avoir failli être broyées.

Je répondis posément :

— Si vous saviez ce que je suis en train de cogiter, vous seriez conforté dans l'opinion que vous avez de moi !

Il me regarda avec indifférence. Il contemplait fixement la femme en lambeaux, toute ameulonnée à ses pieds, captive et désespérée ; celle qui lui avait d'abord procuré tant de jubilation. Elle était inscrite dans sa mémoire à côté de la mort qu'elle avait voulu lui donner. Mais les deux sensations n'étaient pas incompatibles et le regret éternel que l'une comportait permettait quand même à l'autre d'émerger en un soulagement subtil et n'impliquant pas l'oubli.

— C'est le moment, lui dis-je calmement, de choisir entre votre intelligence et votre instinct grégaire. Celui-ci vous condamne à la punir sans rémission, c'est-à-dire à vous soumettre sans examen au verdict sommaire qui est inscrit dans la Bible : « Œil pour œil, dent pour dent ! » Mais en même temps, le regret croissant du bonheur que vous avez vécu et celui que, il n'y a pas une heure, vous vous promettiez décuplé, vous fait hurler de douleur en vous-même à l'idée que vous ne pouvez plus y songer !

» Mais demain, mais après-demain, mais bien plus tard encore, quand vous fiant spontanément à vos instincts, à votre passé, aux exigences de vos gènes (qui se modifient en vous bien plus lentement que vos réflexes) vous aurez pris votre décision ultime (vous me comprenez toujours ?), celle-ci sera sans appel ! Quand vous aurez dévoilé la vérité, vous ne pourrez plus la reprendre ! L'instant présent sera détruit, votre acte vous suivra ! comme disait mon grand-père ! Vous aurez perdu votre bonheur sans rémission et vous ne pourrez plus le reconstituer !

Après cette diatribe, je repris haleine.

Chabrand ouvrait des yeux démesurés.

— Qui êtes-vous pour me tenter ainsi de mes propres désirs ? me dit-il.

— Tant mieux s'ils le sont. Je vous demande de lui pardonner, et pour toujours ! Sans jamais plus y songer !

Désorienté, Chabrand se mit debout, puis, trahi par ses forces, il s'assit lourdement sur le bord du lit d'amour où tout à l'heure, il avait failli perdre souffle.

— Que je lui pardonne !

— Je vous ai dit de ne pas me répondre tout de suite !

— Vous perdez la tête ! Moi ? Que je pardonne à cette tueuse ? Si vous aviez senti se refermer sur ma gorge l'étau de ses cuisses tandis que je tentais de desserrer son étreinte ! Si vous saviez la panique qui m'a saisi quand j'ai compris qu'elle avait enduit son corps de je ne sais quoi et qu'elle glissait comme une anguille entre mes mains !

— Je sais, lui dis-je posément. Moi-même, j'ai eu toutes les peines du monde à vous arracher à elle. Mais maintenant que vous avez cessé de trembler, raisonnez un peu ! Votre victoire, si vous l'inculpez, vous laissera un goût de cendre. Vous oublierez qu'elle a voulu vous assassiner et vous ne vous souviendrez plus que de ses extraordinaires dispositions ! Dans vos nuits solitaires, vous happerez ses formes disparues. On oublie les femmes avec qui on a fait l'amour, on se souvient toujours de celles avec qui l'on ne l'a pas fait !

— Vous êtes terre à terre ! me lança-t-il avec mépris.

— Quand vous serez bien vieux, comme moi, vous verrez si ces choses sont terre à terre... Mais vous ne comprenez pas que votre histoire sera bien plus belle si vous acquittez cette pauvre souffrante en votre âme et conscience !

— Et moi, alors, vous m'avez oubliée peut-être ?

C'était Clorinde qui se rebiffait. Elle avait maintenant les yeux grands ouverts et il me semblait même qu'ils étaient plus cernés que d'ordinaire. Pour la flatter, je lui dis :

— Nous sommes à votre merci !

— Oh... dit-elle. Mon opinion est faite depuis longtemps ! Ce saligaud ! (de la tête, elle désignait Chabrand), ce saligaud ! répéta-t-elle avec force, a voulu la sodomiser et c'est pour ça qu'elle a pensé à le tuer !

Les choses vues sous cet angle étaient parfaitement plausibles et entraînaient l'acquiescement dans la conscience de chacun. Et d'ailleurs, le même prétexte était aussi probable quand il s'était agi des deux premières victimes et de leur étouffement prolongé.

Clorinde se tut et reprit après un silence :

— Voilà ce que je dirais mais je préférerais qu'on ne me le demandât point !

Ainsi je n'étais pas seul à utiliser l'imparfait du subjonctif dans les plus scabreuses circonstances.

Comme c'était exactement le désir profane de Chabrand, il se leva et dit :

— Vous avez la clef des menottes ?

Il allait se pencher sur Aurore.

— Rhabillez-vous au moins ! dit Clorinde. Vous êtes grotesque ainsi !

Elle lui tendait son pantalon. Chabrand maladroitement se coula dedans et se dirigea vers Aurore.

— Non, pas vous ! Laissez mûrir, lui dis-je.

Je sortis de ma poche la coulisse qui libérait. Je m'approchai à mon tour et je la vis nue, apeurée et désolée. La main sur le visage, elle répétait encore : « Que vont devenir mes pauvres enfants ? » Je venais de lui retirer mon veston d'apparat. Il serrait encore, coincé dans la boutonnière, le gardénia en taffetas blanc dont je l'avais agrémenté.

— Rhabillez-vous, dis-je à Aurore en lui tendant sa culotte et son soutien-gorge. Nous avons décidé que vous étiez innocente.

La moitié de ma conscience me criait que j'étais aberrant mais le saint bienveillant qui sévissait là-haut à La Roque dans sa forêt tutélaire bien à l'abri pour l'éternité dans son monument ridicule et cette source qui lui baignait les pieds, ce saint qui m'avait rendu la vue claire, sans doute pour s'amuser, ce saint m'avait déjà absous.

13.

La veille, j'étais allé à l'agence de voyages me procurer deux billets pour les Bermudes.

Ç'avait été le rêve secret du juge que d'aller passer son voyage de noces dans ces contrées réputées enchanteresses.

Plusieurs fois, au fil de mes aventures, il m'en avait fait l'aveu. Je ne sais ce qu'il attendait des Bermudes sinon la connotation de bonheur qu'évoquaient ces îles ambiguës.

J'accompagnai le couple dans la deux chevaux jusqu'à Marignane, première étape avant Orly.

Clorinde avait tenu à nous escorter, de sorte qu'entre les bagages et les passagers, nous étions un peu serrés.

Je me souviens que le couple qui occupait l'arrière garda les mains rivées l'une à l'autre et ne desserra pas les dents durant tout le parcours.

Je reçus deux cartes postales représentant des cocotiers et du sable blanc. La première portait préimprimé : *À quoi bon écrire quand on est heureux ?* signée Jean-Pierre et Aurore. Je la glissai dans la fente de l'armoire à glace devant quoi je me rasais chaque matin.

La seconde indiquait les mêmes prénoms mais ceux qui les portaient n'existaient plus. La nouvelle avait été diffusée à la télévision deux jours avant que je découvre la carte dans ma boîte aux lettres.

Entre-temps, l'actualité nous avait appris que le vol 740 d'Air France en provenance des Bermudes s'était abîmé en mer dans le triangle du même nom et qu'il n'y avait pas de survivants. La chose était fréquente dans cette région du monde.

J'eus, en rêve, la visite du saint à la barbe fleurie : le saint Clair de La Roque, sa source et son monument. Le tout de haut en bas m'était parfaitement apparu, sauf que la tête vénérable était à l'envers. En quelque sorte, il me tournait le dos. Il y avait aussi de différent que l'artisan sculpteur, toujours dans mon rêve, s'était trompé de saint et lui avait agrémenté le cou avec les clefs de saint Pierre. J'entendais même le doux bruit de l'eau qui s'écoulait. J'entendis même la voix grondeuse du saint pour la première fois de ma vie. Elle était rugueuse et paysanne. Elle disait : « Non ! Là, tu m'en demandais trop ! »

J'imaginai ces deux pauvres êtres esquissant l'espace d'un éclair leur ultime étreinte.

Jamais je n'avais ressenti une telle vénération pour la mort que devant ce vide sans cadavre à chérir, une dernière fois, avant de refermer un cercueil qui n'exista jamais sur deux cadavres accompagnés fraternellement par 234 autres ; aussi bien pourvus de bagages, aussi cossus de fortune, aussi bien lavés chaque matin et prêts, au garde-à-vous, à revivre au soleil levant.

J'avais eu la précaution de prendre des billets de première classe, de sorte que, deux ans après, les enfants de Chabrand et ceux d'Aurore touchèrent une forte indemnité qui remit à flot les deux derniers. L'une put se racheter un cheval de compétition et l'autre se remettre à boursicoter. La Bourse fantasque s'étant du reste remise à monter toujours plus haut.

Je vendis à un promoteur avide Popocatépetl. Pendant six mois, les gens de Digne entendirent s'écraser dans la poussière indescriptible les ruines de la maison du satrape avec sa chambre mystère, avec ses tours et ses minarets. Toute sa laideur fut biffée, ainsi que les quatre girouettes qu'on entendait tintinnabuler parmi les décombres tant les mâchoires rudimentaires des engins s'escrimaient en vain à les retenir pour anéantir leurs points cardinaux.

Moi, je me retirai à Chauffayer où je repris le troupeau de Jolaine. Il me sembla, le jour où je fis ma première traite, que mon amie disparue souriait dans ma tête.

Par dévolution, la terre où avait été creusé ce cimetière de La Roque m'appartenait puisque j'étais l'ultime bénéficiaire de la tontine.

Je fis sommer de marbre noir la tombe de l'avant-dernier mari d'Aurore qui avait été tant malmenée lors de l'enquête et des exhumations successives.

Il restait, comme une pierre angulaire, un tout petit espace que le soleil d'hiver venait effleurer de sa pâleur. Depuis là, le bruit du Drac et celui conjugué du Valgaudemar, du Valsenestre et du Champanastay parvenaient nettement, quand ils étaient en crue.

J'y fis creuser une tombe pour deux, moins ostentatoire que celles qui la cernaient.

Comme un bouquet d'immortelles, je dorlotais en moi depuis longtemps le souvenir de toutes les femmes que j'avais aimées avec la tendresse de la reconnaissance.

Cependant, la seule que je voulusse pour m'accompagner dans la tombe, c'était la Chabassut. Dans mon florilège particulier, elle voisinait avec la grande Nanon du père Grandet, la servante Félicité dont le cœur était pur, et même la Françoise Normande de Proust sous son bonnet à tuyaux.

La Chabassut était en osmose à l'intérieur de moi. Elle constituait le tissu conjonctif du seul pays que j'avais voulu aimer. Elle descendit avant moi au tombeau. Je l'avais découverte un beau jour dans l'escalier de Popocatépetl, pliée en deux sur l'aspirateur encore en marche.

Les vieilles de notre pays vinrent la veiller dignement. Elles portaient sous le bras une douzaine de cierges pour passer la nuit.

La Viguier, la Martin, la Chaussegros et la Clorinde prirent l'habitude de venir se chauffer au soleil sur la tombe de la Chabassut. Elles parlaient et parlaient comme d'autres au siècle dernier se contentaient de filer en silence. Elles, elles avaient enjolivé l'histoire que je leur avais racontée de mille guirlandes flamboyantes et la perfectionnèrent jusqu'à leur mort.

Parfois, elles s'arrêtaient de parler, faisaient silence toutes ensemble. C'était le monde qu'elles écoutaient chanter.

(suite des œuvres de Pierre Magnan)

Aux Éditions Gallimard dans la collection « Folio »

Le Sang des Atrides, n° 2119
Le Secret des Andrones, n° 1829
Le Tombeau d'Hélios, n° 2210
Les Charbonniers de la mort, n° 1906
La Maison assassinée, n° 1659
Les Courriers de la mort, n° 1986
Le Mystère de Séraphin Monge, n° 2352
Le Commissaire dans la truffière, n° 2223
L'Amant du poivre d'âne, n° 2317
Pour saluer Giono, n° 2448
Les Secrets de Laviolette, n° 2521
La Naine, n° 2585
Périple d'un cachalot, n° 2722
Chronique d'un château hanté, n° 4997

Aux Éditions Alpes de Lumière

La Biasse de mon père

Aux Éditions Hachette

L'Enfant qui tuait le temps

À paraître

Les Jardins d'Armide
Passé sous silence
La Jeunesse de mon père
Journal (1942-201 ?)

Cet ouvrage a été imprimé
en mai 2010 par

FIRMIN-DIDOT

27650 Mesnil-sur-l'Estrée
N° d'édition : 50659/01
N° d'impression : 100005
Dépôt légal : mai 2010

La photocomposition de cet ouvrage
a été réalisée par
GRAPHIC HAINAUT
59163 Condé-sur-l'Escaut